IL REGNO DELLE OMBRE

ringrazio Marina
per avere letto le bozze
per avere corretto i vari errori
per avermi spronato a scrivere
questo libro ogni qual volta mi
sono arenato

il solito Piero
per avermi aiutato nella grafica
della copertina

tutti coloro che
avendo letto il libro precedente
mi hanno chiesto: quando xe
che ti ghe ne scrivi n'altro?

© 2014 di Gerardo Guerra.
Prima edizione 18 Giugno 2014

ISBN: 978-1-291-89029-7

In copertina composizione grafica di Gerardo Guerra
in collaborazione con stilegrafica: info@stilegrafica.it

IL REGNO DELLE OMBRE

Eravamo in cinque. Già... eravamo, perché Flavio se n'è andato. Non che sia morto: è andato in America dopo la laurea in astronomia. Uno dei tanti cervelli fuggiti là. La sua laurea! Ricordo d'aver visto suo padre sorridere, ed era un evento forse più importante della laurea stessa visto che di questa nessuno aveva mai dubitato.

Rimanevamo io Greta Andrea e Stefano. In un ristorante kasher a festeggiare e scoprire che esistono altre pietanze oltre a quelle che abbiam mangiato ogni estate in viaggio con Flavio. Già perché in viaggio con lui si poteva mangiare solo in posti dove si tengono separati i coltelli per i latticini da quelli per la carne. Non di maiale s'intende.

Per chi non l'avesse capito Flavio era ebreo. Pure Greta a dire il vero. Ma lei mangiava salsicce e costicine in un modo che avrebbe fatto diventare kasher chiunque.

Ricordo quell'unica volta che la sorella Valentina l'aveva invitata ad una sagra. E lei aveva invitato noi di seguito. Mentre la sorella maggiore si conteneva schizzinosa lei con le braccia unte fino ai gomiti e il piatto pieno di costicine rosicchiate e un'altra all'opera tra i denti.

V   "ma come fai a mangiare tutta quella roba?"

G   "eh cosa? quelle non le mangi?"

E via! Mangiava pure quelle della sorella. C'è pure da aggiungere che erano egualmente magre e piccoline entrambe, nonostante una fosse costantemente in dieta. Forse Valentina era un po' più alta ma sicuramente più fastidiosa con quegli occhiali legati allo spago rosa. Dove le altre donne portano il seno lei di solito portava un paio di occhiali.

Sono ancora convinto che Valentina l'abbia invitata solo per portare una rivale ad una sua amicanemica. Greta era un modo sicuro di attirare l'attenzione ed evidentemente il ragazzo che piaceva a Valentina non era certamente presente. Ammesso che alla principessa sia mai piaciuto un essere umano. La cosa importante era distrarre l'attenzione dalla sua rivale. Inutile dire che Greta dopo aver ballato con tutti gli uomini presenti e pure con un cinquantenne esperto di rock acrobatico non deluse le aspettative della sorella.

Non la invitò mai più...

Io studiavo matematica, ancora per poco. Andrea ingegneria meccanica e Stefano ingegneria civile. Ancora per poco. Greta... beh avevo perso il conto: medicina giurisprudenza fisica lingue orientali filosofia... aveva dato tutti gli esami del primo anno per le facoltà più disparate, e con il massimo dei voti. Ora che studiava? Lo vedrete...
Mi meraviglio che i suoi sopportassero questa cosa ma poi pensavo a suo fratello Silvio, mio simpaticissimo confidente, che aveva fatto due volte il primo anno del liceo per poi trapiantarsi in non so che scuola professionale... L'unica che aveva finito una scuola era Valentina, la figlia preferita. Ma non so che scuola fosse, né voglio saperlo.
Molti anni dopo scoprii che erano stati i suoi a obbligarla a fare l'università e l'imposizione unita al suo costante interesse per troppe cose determinava il cambiamento annuale di facoltà. Ma all'epoca dei fatti non potevo immaginarlo e pensavo che fosse l'ennesima instabilità di una ragazza intelligente ma un po' viziata.

Dimenticavo una cosa importante io e Greta eravamo di Padova, Andrea di Chioggia e si vedeva e si sentiva, Stefano di Cavarzere e litigava sempre con Greta.

Ah sì... Greta a volte poteva essere bellissima. Fin troppo...

CAPITOLO PRIMO
i tre gigli rossi

> Stat rosa pristina nomine
> nomina nuda tenemus
> (Bernardo di Cluny "De
> contemptu Mundi" sec.
> XII)

Rimanemmo in quattro per poco. Andrea con una serie di giri di parole e voli pindarici mi aveva fatto venire in un posto non ben precisato della laguna veneta. Quando restava senza macchina io gli facevo da autista...
Il posto si chiamava Fusina e la cantante si chiamava Vichi. Davvero... si chiamava proprio così.
Aveva gli occhi viola (davvero... erano proprio viola) e i capelli biondo platino tagliati più lunghi a destra appena sotto il mento. Come se si fosse voltata mentre la parrucchiera stava usando il tosaerba.
E due gambe meravigliose...
E una voce che riusciva a distoglierti da quelle. Per poco però, dopo ti accorgi che puoi guardare le gambe mentre ascolti...
Appena la vidi pensai wow... a parte il naso che la precede di un quarto d'ora è davvero una bella tipa! Quando mi accorsi delle gambe, un microsecondo dopo, non vidi più il naso. Andrea mi parlava diventato immediatamente logorroico ma io ovviamente non lo ascoltavo.
Non appena intonò Here to Stay sentii la sua voce.
Sto guardando la ragazza che piace al mio migliore amico dopo Flavio, forse non devo...

Arrivata al secondo giro con l'acuto mi accorsi che ero l'unico a non guardare.

Arrivata ad At last ero l'unico che ascoltava.

Quando iniziò Lift me up le luci si fecero soffuse ma un occhio di bue la illuminava. Seduta sulla solita sedia nera da cabaret. Ci dev'essere un ordinanza governativa che impone quel tipo di sedie quando c'è una cantante che canta o fa uno spogliarello. Quelle dallo schienale fatto in un modo che rende impossibile appoggiarci un braccio se volete parlare con uno dietro.

Quando emise l'acuto l'unghissimo di so if you lift me up... scoppiò un applauso coperto solo dalla sua voce. Inutile nasconderlo: era davvero brava. Con o senza la gonna corta o lo spacco.

Non ricordo se aveva la gonna corta o lunga con lo spacco... chi l'aveva guardata la gonna?

Mi meravigliai non poco quando venne al nostro tavolo.

V   "ciao amore"

amore?

A   "ciao questoè mihaaccompagnato..."

I   (perché quando parli con lei ti cambia la voce?)

V   "sì sì ciaotantopiacere che c'è mica una birra che muoio di fame? ciò un vuoto nella cosa che metà basterebbe a tre quarti di africa"

A   "non hai mangiato niente?"

V   "lo sai che la birra fa ruttare se canti! ci mancava solo la batteria del microfono la prossima volta che devo cambiarla mentre canto la infilo su per..."

A   "EH VABEH OK bionda o rossa?"

V   "chi?"

A   "la birra"

V   "bionda con le cose le verdure"

I   "verdure?" era la prima parola che riuscivo a proferire

V   "oh PARLA il tuo amico? la PIZZA! con le
verdure non mi vorrai mica tutta ciccia e brufoli? intanto
vado in cesso a farla, tu ordina per favore"
Le ultime parole le disse che se ne stava già andando,
gettata la borsa sulla sedia. Ovviamente aperta...
I   "simpatica la tipa"
A   "un po' bucolica... ma è tanto cara"
La voce ti è tornata normale?
I   "ah non lo metto in dubbio"
A   "una pizza bionda e una birra alle verdure"
C   "porto subito"
A   "grazie"
Stavo per riaprir il discorso quando Vichi riapparve
mentre i fan e gli ammiratori le facevano i complimenti.
V   "MA PORCO ZEU..."
A   "EH DAI ho ordinato la pizza"
V   "bravo tesoro gli hai detto niente còsi?"
A   "eh?"
V   "i còsi... niente asparagi"
A   "no..."
V   "eh!..." guardandolo fisso. Si vedeva che si
tratteneva perché c'ero io.
A   "non mi hai detto niente..." sempre con quella voce
da stupido.
V   "occorre dirlo? LO SAI che non mi piacciono va
beh vatti a fidare"
I   "da quanto è che canti?" volevo cambiare discorso.
V   "oh da quando ero piccina - sorridente ed educata
– ma quando arriva sta pizza?"
I   "intanto ecco la birra"
V   "voi non mangiate nulla?"
I   "io ho già mangiato"
V   "e tu amore?"
A   "io no a dire il vero potrei ordinare"

V   "E PERCHÈ NON HAI ORDINATO? ma dimmi te se non è pampe questo. tieni va" porgendogli la pizza appena arrivata

V   "una margherita col basilico grazie e tu intanto comincia che ci metti un secolo"

A   "ma no ti aspetto"

V   "MA VA! così facciamo a tempo a chiamare gli archeologi che vengono a disseppellirti con la pizza ancora da finire non preoccuparti adesso la mia arriva e tu cosa fai nella vita?" rivolta a me.

V   "studi con andrea?"

I   "io studio matematica"

V   "MAMMA MIA mai capito un..."

A   "heeem hemmm"

V   "un CICISBEO di matematica – guardando Andrea sorridente – devi essere davvero intelligente!"

I   "beh non che a ingegneria si studi poca matematica"

Guardò con uno sguardo di intesa il suo Andrea che invece mi guardava come per scusarsi. Infatti ora capivo che per intelligente lei aveva inteso idiota...

A   "sei stata davvero brava!"

V   "a far che? AH beh ho fatto di meglio non son contenta"

I   "no beh... io che ti sento per la prima volta posso dire che mi hai stupito"

V   "davvero? – sorridente – oh GRAZIE non credevo ero convinta del contrario"

A   "no, tu sei sEmpre brAva"

Lei appoggiò i gomiti sul tavolo e il mento sulle mani guardandolo con gli occhi viola e godendosi il complimento in un sorriso beato. Lui si sporse per darle un bacio ma lei lo guardò infuriata

V   "mangiaaaa oh ecco la mia pizza... oh ma! qua il basilico bisogna cercarlo col gipiesse! che fregatura!"

A   "ne facciamo aggiungere un po'"

V   "ma va là" mentre tagliava.

Inutile dire che mi sentivo di troppo, ma fortunatamente la serata finì. Vichi ringraziò tantissimo il suo amore per essere venuto a sentirla nonostante fosse senza macchina. Sottolineando che lui a ventisei anni doveva chiedere la macchina in famiglia e lei più giovane e indipendente aveva già una macchina e uno stipendio suo. Ma quando sarai ingegnere ce ne andremo in giro per il mondo. Quando troverai lavoro quando avrai fatto carriera ecc ecc.

Un'unica cosa mi aveva distratto durante tutto il tempo. Mi rigirava per la testa una domanda. Senza risposta e senza capire nemmeno io perché me la ponevo così incessantemente come un rovello.

Lo stesso giorno ero andato a trovare Greta in ospedale per raccontarle la laurea di Flavio.

Perché Greta era in ospedale?

Frattura scomposta della tibia destra.

Come se l'era rotta?

Una lunga caduta da una altezza pericolosa.

Cosa ci faceva in cima ad una altezza pericolosa?

Beh leggete il primo libro che vi devo dire?

Le raccontai che davanti al Bo Stefano s'era messo a fare la parodia del rabbino che recita le preghiere dondolando e io ero accorso per fermarlo in rispetto del padre di Flavio. Greta scoppiò a ridere. Rimase meravigliata pure lei che il padre di Flavio avesse sorriso e più di qualche volta. Poi ridemmo entrambi quando le raccontai che Flavio e tutta la famiglia erano stati fermati da una vigile per eccesso di velocità, e suo padre s'era messo a disquisire con la vigile: "ma lei sa cos'è la velocità?" Solo il vecchio professore di fisica poteva mettersi a discutere a quel modo. Ma evidentemente la vigile non era stata sua allieva perché gli fece la multa lo stesso.

Sul comodino di Greta, a fianco della sporta piena di cioccolatini. Proprio quelli che mi offrì perché ne aveva troppi. Quel comodino sotto il quale era finita una ciabatta azzurra intonata col pigiama che le aveva preso la sorella per l'occasione. Anche in ospedale una deve avere tutto combinato! Insomma sopra a quel comodino con le cuffiette dell'iPod che qualcuno doveva averle portato da casa... c'era un vaso brutto di vetro. E dentro quel vaso tre splendidi gigli rossi.

Chi glieli aveva portati?

Discreto però: gigli non rose... Ma poi vidi delle rose bianche più vecchie che appassivano alla finestra. Non so perché, o non lo ammisi a me stesso, vedendole bianche mi rassicurai.

L'ultima volta che andai a trovarla durante la degenza una rosa rossa faceva mostra di sè orgogliosa nello stesso vaso mentre i gigli facevano compagnia alle rose bianche alla finestra.

G   "ANDREA HA UNA RAGAZZA! – tenendo la bocca spalancata come se non potesse più richiuderla – DIMMI TUTTO! com'è è bella? è simpatica?"

I   "sì beh no... insomma com'è che dite voi donne? ah sì è MOLTO simpatica!"

G   "cattivo sarà sicuramente bellissima me la DEVE presentare e deve portarla in viaggio con noi"

I   "con noi?"

G   "ma certo! non vorrai mica stare fermo quest'anno? andremo come tutti gli anni in qualche bel posto no?"

I   "ok ma prima tu come fai?"

G   "io quando esco di qua mi danno due stampelle sai, e poi ho già pensato dove 'ndare"

I   "e dove di grazia"

G   "a bratislava" come se fosse la cosa più ovvia

I   "e perché di grazia"

G   "ma uffa vuoi sapere sempre tutto? fidati no?"

I   "tanto cambierai idea..."

G   "ALTRE MILLESEICENTO volte ah ah è vero ma non importa ho letto tutti gli harry potter sai? è fantasticoso non pensavo fosse così bello"

I   "e perché tieni il terzo sopra il comodino?"

G   "perché in realtà sono arrivata al terzo ma ne leggo UNO ALLA SETTIMANA quindi non appena torno operativa li finirò TUTTI e tu che credevi che non sapessi finire mai un libro" guardandomi scherzosamente severa.

I   "eh vedo che leggi libri impegnati"

Scoppiammo tutte e due a ridere.

Ogni tanto mi sentivo con Flavio via skype la sera. Lui dall'America e io dalla vecchia Europa. Era diverso senza di lui.

Fortuna che gli alberi di via Japelli stavano mettendo le foglie. Davanti all'aula studio dove spesso ci ritrovavamo. Anche se durante i corsi non ci frequentavamo troppo rimanevamo comunque in contatto.

Orde di fumatori davanti all'ingresso. Pioggia vento sole freddo questi ad aumentare il tasso di anidride carbonica dell'atmosfera non rinunciano mai. Entro. Ecco Stefano e Andrea ad un tavolo.

I   "perché due posti occupati?"

A   "uno per e te e l'altro per gr... ah già che scemo"

S   "io pensavo fosse per la tua ragazza"

A   "ma lei non studia liberalo sei stato da grEta?"

I   "sì è in ospedale con harry potter"

A   "sai quando la liberano?"

I   "ah non fra tanto le danno due belle stampelle, fra poco sentiremo di nuovo la sua voce risuonare per padova"

Greta non aveva mai tenuto da che si aveva memoria un tono di voce più basso di una sirena dei pompieri.

Stefano era in silenzio. Avrà anche lui i suoi pensieri. Mi misi a studiare ma non capii un gran che di quello che leggevo.

CAPITOLO SECONDO
le tenebre dietro al velo

Yet from those flames
no light, but rather
darkness visible
(John Milton "Paradise
lost" 1667)

Camminava coi piedi scalzi nella neve. Nuda sotto il mantello non temeva il freddo. Il vento faceva vorticare i fiocchi e la foresta buia non era più un timore per lei. Si guardava attorno e stranamente conosceva tutte le piante e i germogli, li sentiva palpitare, avvertiva la linfa scorrere dentro ai tronchi e alle foglie. Ecco, una nuova iniziata è fra noi. Tra i rami sempre verdi e quelli secchi le sue gambe spoglie camminavano non più cautamente, ma come se avessero da sempre conosciuto quella vita opulenta che si stendeva e si apriva di fronte a lei. Eccola, la sentite? Cammina sicura e altera. Ora conosce i nostri segreti.

Tra la neve e l'oscurità si diresse verso casa. Il plenilunio allo zenit illuminava oscurando ogni stella. I suoi capelli neri e lunghi scendevano sul suo petto bianco, mai più pudico.

Entrò silenziosa come un gatto nella sua camera calda. Il camino ancora acceso. Lasciò cadere il mantello liberandosi nella sua nudità. Intatta eppur mai più innocente.

Prese lo specchio fra le mani. Si guardò alla luce delle fiamme. Eppure, sembrava identica a prima. Eppure, sentiva qualcosa di diverso. Sapeva! Ora sapeva. Rise

beffarda guardando i suoi occhi neri sul viso bianco da ragazzina.
"Sono una strega!"

Il lupo ululò nelle profondità del bosco.

Accadeva in valle Camonica la notte di santa Valpurga dell'anno del Signore 1447.

CAPITOLO TERZO
avada kedavra

aramaico: avrah kadabra: io creo con questa parola
aramaico: abhadda kedhabhra: sparisci con questa parola

ABRACADABRA
ABRACADABR
ABRACADAB
ABRACADA
ABRACAD
ABRACA
ABRAC
ABRA
ABR
AB
A

Inutile dire che quando Greta fece capolino al bar del ghetto armata delle sue rosse stampelle ci fu un tripudio generale. A parte che era una ragazza molto carina e quindi già questo era sufficiente a far sentire la sua mancanza, ma era pure un personaggio che tutti conoscevano e la cui mancanza si sentiva facilmente.
Ci sedemmo fuori fra i conosciuti e gli sconosciuti che approfittavano dell'occasione, che le chiedevano e come stai e cosa è successo e ma quanto tempo terrai le stampelle e ma ti hanno operata e come stai (perché c'è sempre chi si perde la prima domanda) ma hai sentito male (come se ci si potesse rompere una gamba senza sentire niente) e via dicendo. Per non parlare di gente che non avevo mai visto che le faceva domande e bellimbusti

che facevano i fighi e turbe di ragazzi che le chiedevano se avesse bisongo di qualcosa.

I   "sei rimasta famosa a quanto vedo"

G   "mannò"

I   "guarda che pure io non frequento questo bar da quando sei in ospedale eppure nessuno mi caga"

G   "davvero? hi hi"

I   "è che io non sono una bella ragazza"

G   "è che io lo frequento da quando sono una ragazzina sto bar e poi è il quartiere dove abito, adesso mi compro un uniposca dorato così mi decoro le stampelle e le faccio tutte sbrilluccicóse!"

I   "beh di tempo ne hai a meno che tu per questa sessione d'esami non abbia preparato un esame su harry potter"

G   "sìììì faccio le magie expecto patronuuum" agitando la stampella per aria

Spuntò Andrea da dietro l'angolo.

A   "ti co che la marsòcola ti cOpi qualchedùn"

Teneva a braccio una bellissima ragazza, era Vichi.

G   "marsoché? AH MA TU SEI LA RAGAZZA DI ANDREA!"

Non è il caso di farlo sapere fino a prato della valle, ma che ci volete fare, Greta è fatta così.

V   "e tu sei greta piacere, vichi"

Si guardarono come si guradano due donne dicendosi con lo sguardo: noi non saremo nemiche.

Io mi misi a parlare con Andrea e Greta con Vichi. Io e lui a bassa voce, loro urlavano come se fossero state da una finestra all'altra.

A   "come sta?" avvicinandosi

I   "ah guarda... non ti dico il tripudio qua quando l'hanno vista"

A   "ah beh immagino la conoscono tutti"

G   "UUUH CANTI? E COSA CANTI"

V   "MA PER LO PIÚ CHRISTINA AGUILERA MA SOPRATTUTTO JEZZ"

G   "MAMMA CHE BRAVA DEV'ESSERE DIFFICILISSIMO!"

V   "NO BASTA ESERCITARSI E... non dovrei gridare"

G   "PERCHÉ FA MALE ALLA VOCE? OH SCUSA!"

A   "infatti ci state trapanando le orecchie"

I   "io son quasi sordo"

A   "tu adesso non potrai più giocare a calcetto con quelle stampelle"

G   "questo lo dici tu com'è che le hai chiamate prima?"

A   "marsòcole"

V   "sì lui parla quella sua lingua forestiera giochi a calcetto? sei sportiva!"

G   "calcio balilla biliardino" agitando la mano per minimizzare.

In Italia e nel mondo quel gioco ha mille nomi diversi, io ero convinto che fosse calcetto in dialetto e biliardino in italiano. Solo con la maggiore età ho saputo che si chiamava calcio balilla. E c'è da dire che a memoria d'uomo nessuno era mai riuscito a battere Greta. Molti sono stati i maschietti che credevano di battere facilmente una ragazza... Quella mossa che chiamano rombo di tuono: sparare la palla addosso alla sponda e colpirla di rimbalzo per mandarla in porta, Greta era in grado di farla ad una velocità e violenza tali da mettere in pericolo l'integrità del biliardino. Forse è per questo che si chiama rombo di tuono. Come facesse con il suo polso sottile a lanciare la pallina oltre i settanta chilometri orari è un enigma che ancora oggi la facoltà di ingegneria cerca inutilmente di spiegare.

Mitica è stata l'unica partita tra lei e Andrea: lei in punta di piedi, con una mano alzata contro di lui e l'altra che teneva ancora una manopola, come se volesse spaccargli il biliardino in testa. Lui che si sporgeva sopra il campo da gioco a tal punto da agitare la mano dietro di lei, al di là della sua testa. Urlando come ossessi ignari della gente attorno.

A   "CIOÒ NO VALE EL GAANSO!"

G   "MA NA JERA UN GANSO NO TE CAPISSI NIENTE"

A   "CÒSSA NA GERA UN GAANSO E CÒSSA GERELO ALOORA QUEELO"

G   "EL GANSO SE FA CUSSÍ CIÓSÒTO IGNORANTE"

A   "MA GNANCA AI CAVAANIS SE POLE FARE EL GANSO CÒSSA DIIISTU"

Esiste pure un filmato di tutta la scena fatto col telefonino di qualche spettatore. La partita non venne mai conclusa, inutile dire che Greta stava vincendo con un vantaggio spaventoso.

Bei tempi.

"I Cavanis" sono una scuola professionale chiamata Istituto Cavanis. Nella sede di Chioggia c'era una sala coi biliardini dove tantissimi ragazzi hanno imparato a giocare (pure io). L'espressione usata da Andrea "gnanca ai cavanis" (nemmeno ai cavanis) è usata per dire che nemmeno un principiante violerebbe tale regola.

Il "gancio" è una mossa vietata dal regolamento di gioco italiano e consiste nel passare la palla dall'ometto centrale d'attacco a uno degli ometti della stessa stecca per poi tirare in porta.

Ad un certo punto io dovevo pur andare a studiare, e anche Andrea se voleva fare gli ultimi esami. Ma lui aveva il fisico in bella mostra della sua morosa a distrarlo, cosa che io non avevo. Salutai tutti e nonostante le proteste di Greta me ne andai.

Cosa successe poi? Fu proprio quel giorno che accadde quello che cambiò il corso degli eventi futuri ad imperitura memoria.

Greta invitò Vichi a venire a Budapest con noi e insisté tanto per il fatto che sarebbe stata l'ultima gita dello storico gruppetto. Già me la vedo che dice "andrea portala con NOI" senza rendersi conto che i due ora fanno coppia quindi dovrebbe invitare entrambi... fatto sta che alla fine l'ebbe vinta.

Le due fecero amicizia fin da subito e l'una rinunciò ad andare in vacanza da sola col moroso e l'altra ad andare a casa nel primo pomeriggio. Liquidato Andrea per mandarlo di corsa a studiare Vichi prese a braccetto la novella amica del cuore e tutte due se ne andarono per Padova a passeggio.

Cosa si dissero e perché da quel giorno si odiarono a morte rimane un mistero.

Conosco solo la versione di Greta che si riassume in "dopo che le chiedo di venire con me in modo da non essere l'unica donna lei se ne esce col quel suo schifoso... mmmm CAZZO MERDA!" chiederle altre spiegazioni fu impossibile.

La versione di Vichi riportata da Andrea fu che questa s'era lasciata sfuggire una frase infelice sugli ebrei, ignara che pure Greta lo fosse.

La frittata era fatta, e per non peggiorare le cose ora Vichi e Andrea erano sì costretti a venire con noi e Greta a fare buon viso a cattiva situazione.

Partenza per Parigi. Eh sì, quest'anno si va a Parigi: Greta ha deciso così. Strano perché di solito non sceglieva mai mete così "turistiche" e la cosa infatti non mi convinceva per niente. Finché non entro dentro a quella città non ci credo, mi son detto.

Nel frattempo eravamo come ogni estate nella mia Y10, ma non vi dico le discussioni per decidere i posti. Già perché questa volta c'era un problema in più...

G   "ooOOh! – guardando Vichi – come ci sediamo?"

S   "beh? percóssa?"

G   "siedi tu davanti vichi oh no non c'è più flavio come faremo senza di lui"

A   "ma se non lo cagavi nemmeno"

V   "ma nOo siedi tu davanti che hai le cose"

G   "ma no guarda io le metto le stampelle qua dietro e poi tu sei più alta e poi io siedo sempre dietro"

I   "ma lascia i morosi insieme no?" Greta mi diede un occhiataccia che mi fece azzittire all'istante

G   "ma dai tanto saremmo comunque in tre facciamo come ogni anno vichi si siede al posto di flavio così sta pure più comoda visto che è un ospite"

A   "non è un ospite! fa parte del gruppo" sorridendo verso sua morosa che lo guardò languida.

I   "potremmo anche alternarci alla guida..."

G   "ah io non ci arrivo ai pedali in questo catorcio"

I   "ma dai non ci arrivi cosa dici? tira avanti il sedile e poi io dicevo tra uomini"

S   "ma se vuoi sempre guidare tu"

G   "daaaai basta che noiosi vichi siedi davanti che sei un'ospite opps scusa – facendomi l'occhiolino – e noi ci sediamo come ABBIAMO SEMPRE FATTO" ed entrò in macchina mettendosi al centro.

Anche se eravamo in una macchina affollata non trovavo educato dividere i due morosi ma quando Greta si metteva di solerzia, non c'era nient'altro da fare. Stefano la seguì sedendole a fianco. Andrea guardò Vichi

A   "dove vuoi sederti?"

V   "fai quello che vuoi" seria

A   "vabeh allora... ti lascio il posto davanti" Vichi con disappunto si fiondò sul sedile.

I   "vuoi guidare?"

A   "eh?"

Gli feci l'occhiolino e gli diedi le chiavi. Sedetti anch'io accanto a Greta.

G   "ooh finalmente c'è una persona intelligente qua dietro! - sorridendomi contenta – ooOOH! SCUSA STEFANO!" coprendosi la bocca. Stefano guardava fuori dal finestrino come per dire: tanto di solito ne dici di peggio e ci sono abituato.

A   "devo fare il gioco di pedale frizione o ha l'accensione elettronica?"

I   "oh ma non è mica la cinquecento di greta sai..."

G   "DAAAIIII partiiiii che ci mettiamo un sacco di tempo e muoio dal caldo qua dentro e tra poco sicuramente mi scapperà la pipì"

Prima tappa Ginevra! A cinque ore di macchina, ci si ferma in autogrill a metà valle padana per consentire alle signorine l'uso di una toilette. E magari mangiare pure qualcosa. Ma non avevo fatto ancora i conti con la musica da ascoltare in auto.

Ogni anno c'erano discussioni su cosa ascoltare, e il risultato erano sempre due o tre cd che poi al momento di partire diventavano quindici venti (la moltiplicazione dei cd è un miracolo che avviene tra la decisione presa in comune e la strada che si fa per tornare a casa a preparare i bagagli) per poi alla fine ascoltare sempre lo stesso per tutto il viaggio. Così poi quando riascolti certe canzoni rivivi l'atmosfera spensierata di quell'estate, sempre unica e sempre diversa.

Ma stavolta c'era la cantante professionista con noi, nonché fidanzata del neopilota.

A   "che ascoltiamo?"

S   "podemo anca no ascoltare niente"

G   "ma tu di solito non dormi?"

A   "mi è difficile dormire mentre guido"

Mi stiracchiai platealmente

I   "aa-aaa-AAAHHH FINALMENTE posso dormire io"

G   "ma metti quello che vuoi"

Greta era aggressiva forse presentiva ciò che avremmo ascoltato.

V   "non ti azzardare a mettere un mio coso"

A   "un tuo cd? no tranquilla... diciamo che all'uopo avrei PER CASO..."

G   "dove l'hai messo?"

A   "nel mio borsello là dietro"

Greta si girò e frugò in mezzo a un paio di marsupi e borselli lamentandosi come se fossero una montagna

I   "me lo dicevi mi giravo io che non sono invalido"

G   "e tu ci metti un'ora, ecco" porgendolo a Vichi

V   "che devo prendere?"

A   "il cd di christina aguilera"

S   "ECCO! TE PAREVA"

Greta mi guardò per sottolineare che era d'accordo con Stefano.

V   "sarei un po' cosa... stufa"

A   "è l'unica che canti un po' meglio di te amore"

S   "OHU SOLO UN POCHETTO EH"

I   "poco poco"

Greta mi guardò infastidita come per dirmi: non scherzare con lei, non devi farci amicizia!

Per molti chilometri i due morosi borbottarono a bassimima voce suoni incomprensibili tra loro. Vichi era evidentemente arrabbiata con Andrea e lui era in imbarazzo. Mai andare in viaggio con morosa e amici.

La pausa in autogrill fu breve, il tempo di mangiare alla tavola calda, fare il giro obbligato di tutte le cose esposte da comprare. In fondo ti mettono la roba da mangiare in modo che ti venga fame, ma noi eravamo già a posto. Solo qualcuno non rinunciò agli snack esposti alla fine.

A   "lo fanno apposta a metterli alla fine così ti invogliano a comprare"

G   "ma io sono una golosona e poi sono in carenza di zuccheri ne vuoi un po' vichi?"

V   "no no"

Storcendo la bocca Greta disse col labiale: dieta, e addentò il mars

G   "mmm ne oevi un po'?"

I   "no no tranquilla... sono in dieta pure io" sguardo d'intesa.

Averla vicina durante il viaggio mi metteva un po' a disagio, stavo diventando come Flavio? Che le aveva fatto la corte senza mai dichiararsi per così tanti anni? Che poi non eravamo sicuri non si fosse mai dichiarato, forse lo aveva pure fatto. Che fosse per questo che Greta ostentava tanto la sua mancanza? Era un modo per non rimuginare di avergli detto no e averlo perduto? O forse si pentiva di non averlo mai capito davvero. Non so... Greta sapeva essere straordinariamente intelligente è vero, ma era comunque una donna che per la vanità di un secondo poteva mandare all'aria il progetto di una vita. Ero convinto che sarebbe stata capace di mettersi insieme ad uno il giorno stesso in cui l'avesse incontrato, e ignorarne un'altro   per   anni.   Per   qualche   inspiegabile   e imprescindibile ragione che solo o nemmeno lei sapeva. O forse era solo paura d'Amare.

Fatto sta comunque che dopo i diciotto anni non l'avevo mai vista con un ragazzo fisso che si potesse dire suo fidanzato. Forse eravamo noi i suoi fidanzati, e ora mancava il più innamorato. E ora soprattutto c'era una rivale nel suo harem.

Dal finestrino vidi nella nebbia la guglia dell'abbazia di Chiaravalle. Capolavoro assoluto che il mondo ci invidia. Le vestigia di un passato che ci guarda. Lì visse San Bernardo di Chiaravalle...

Speravo di vedere le alpi in lontananza ma l'afa ci occludeva.

A Ginevra eravamo tanto stanchi che chiedemmo al primo albergo con poche stelle che trovammo. Altro che i posti in macchina! Ora arrivava la faccenda tosta: chi avrebbe dormito con chi?

G   "finalmente posso dormire con una ragazza e voi volete impedirmelo?"

I   "ma lasciali in camera assieme no? e poi devono chiedere il permesso a te? son maggiorenni sai"

G   "ma che importa a cosa vai pensando subito tu due donne e tre uomini la cosa mi sembra ovvia no? io e vichi dormiamo insieme"

Io non volevo fare la figura di quello che voleva per forza una delle due in camera (anche se Greta aveva tranquillamente dormito con noi l'anno scorso), Vichi non diceva niente ma il suo silenzio era eloquentemente riferito al comportamento passivo di Andrea, che per fare il gentiluomo cattolico lasciava la morosa con un'altra donna anziché averla con sè. Eppure tutti vedevamo che Vichi non vedeva l'ora di dormire con lui.

G   "va bene abbiamo deciso, giusto vichi?"

V   "io non ho detto una parola, e tu non còsi niente?"
rivolta ad Andrea

A   "dimmi dove vuoi dormire" a bassissima voce
come se non sentissimo

V   "dimmi tu! quello che va bene a te va bene a me"

G   "ma dai è un piacere personale che vichi fa a me,
per favore"

V   "va bene d'accordo" guardando malissimo il
moroso.

Fortuna che Greta alla fine aveva salvato la situazione ma
non sarebbe finita lì.

Dopo dieci minuti noi uomini eravamo fuori ad aspettare
le ragazze.

S   "ogni volta così"

I   "ma se abbiam detto di fare la doccia dopo perché
ci mettono tanto?"

Andrea taceva.

I   "perché noi uomini lasciamo tutto dentro la valigia,
siamo zingari nati, le donne invece devono crearsi la
casetta attorno e quindi tirare fuori tutto e mettere dentro
l'armadio"

S   "col casìn che e serà drio fare? disordinate come
sono sarebbe meglio lasciare in borsa no? aspettiamo
fuori"

A   "no io aspetto qua"

S   "guarda che non te la dà lo stesso per oggi"

Questa era la battua che Andrea faceva sempre a Flavio
quando questi era eccessivamente gentile con Greta, e ora
Stefano la rinfacciava a lui.

Aspettammo fuori una ventina di minuti poi uscirono tutti
e tre dall'albergo. Gli occhi di Greta che guardavano verso
l'alto senza nascondere uno sbuffo per mostrare che era
stufa. Neanche fosse stata lei ad aspettare!

Cercammo la cattedrale di San Pietro ma era chiusa, le chiacchiere non diventavano interessanti, i due morosi restavano sempre indietro finché uno dei due non disse

A   "torniamo in albergo?"

Te lo ha detto la padrona di chiederlo?

G   "okandiamo" girando sulle stampelle e superando gli altri.

Mi seccava lasciarla sola davanti e così la raggiunsi. Mi diede una stampella e mi prese a braccetto

G   "ci rovinerà tutta la vacanza"

I   "non è detto non essere impulsiva"

G   "perfino quella di andrea"

I   "la sua non credo magari gli va pure bene una sera" mi presi una gomitata a punizione della battuta

G   "oh no è tutta colpa mia sono stata io a insistere che venisse"

I   "sei solo stata gentile"

G   "e così ho rovinato la vacanza a noi e a loro sono un mostro vero?" guardandomi con gli occhi grandi

I   "non sei un mostro sei solo buona"

G   "e lei perché ha accettato subito!?" con la voce acida

Bussavano alla porta. Andrea andò ad aprire e Greta in camicia da notte si precipitò dentro la camera

G   "BASTA! io non ci dormo PIÚ con QUELLA LÁ!" armata delle sue stampelle.

Noi la guardavamo trafelati. Dopo tutte le volte che aveva dormito con noi non l'avevamo mai vista in camicia da notte. Era stupenda!

G   "tanto voi avete un letto in più no?" e si stese senza fare tanti complimenti.

S   "da quando dormi in baby doll?"

G   "non è un baby doll deficente è una camicia da notte e ti pare che mi metto così per dormire con voi buzzurri una volta tanto che potevo dormire come cazzo volevo"

I   "guarda che noi non ci offendevamo MICA SAI" mi guardò sorridente da dietro la spalla

G   "mmm" arricciando il naso

A   "ma... la lasci sola? non è educato GRETA!"

G   "non me.. ne.. fre.. ga un..."

A   "dai grEta!"

G   "ho detto nO!"

S   "ma è vero che sotto la camicia da notte non si porta niente?"

G   "sì guarda ci manca solo ch'io vengo"

A   "ch'io vengA"

G   "ch'io VENGA quanto rompi i coglioni QUA IN MEZZO A VOI senza mutande!"

I   "non ci fidiamo"

S   "già non ci fidiamo come facciamo a fidarci?"

I   "eh sì non ci fidiamo greta"

G   "oh ma... la volete finire? ho le mestruazioni occhei? o volete che vi mostri il pannolino?"

S   "non usavi il tampax?"

I   "basta dai finiamola"

S   "ecco perché sei così fastidiosa"

G   "oh no!"

A   "che c'è?"

G   "c'è un ragno sul muro uccidetelo uccidetelo" aggrappandosi al cuscino e sporgendosi dall'altra parte del letto. Noi ormai ci eravamo stesi e non avevamo nessuna voglia di alzarci.

S   "cóssa vóto che te faga ch'el microbo"

G   "come cosa vóto che me faga? mi verrà sicuramente tra i capelli CHE SCHIFOO stefano!... DEVI ucciderlo per me"

S   "ara... so xà lì" dando due pugni sul cuscino e buttandoci la testa in mezzo.

G   "verrà sicuramente sul tuo letto! – ma la minaccia non funzionò – andrea..." con occhi imploranti

A   "pensa alla mia povera morosa che deve affrontare i ragni tutta da sola, anzi potrei andare da lei a difenderla"

G   "TU NON TI MUOVERAI DI QUI" poi guardò me

I   "greta che vuoi che ti faccia..."

G   "uffa lo sapevo che gli uomini servono a una cosa sola!" si arrampicò su una stampella e brandendo la ciabatta con un man rovescio

G   "AVADA KEDAVRA!" sbattè sul povero ragnetto la ciabatta con un tonfo che svegliò tutto l'albergo. O meglio: quella parte che non si era svegliata fino a quel momento.

Durante la notte pensavo al corpo di Greta vicino a me. Al mattino sarebbe entrata sicuramente luce dalle finestre e chissà... che razza di pensieri! Come quelli di un ragazzino. Eppure lei era molto bella, come poche. Mi stavo innamorando di lei? Eppure Vichi era forse più bella: aveva un fisico splendido, nonostante quello di Greta non dovesse invidiare quello di nessuna fotomodella. Vichi era più alta e aveva un viso incredibilmente affascinante nonostante il naso. Ecco... finalmente Greta aveva vicino una donna col naso più lungo del suo. Eppure io il viso di Greta lo trovavo bellissimo, mi era sempre piaciuto. Con quella bocca scolpita e quei due occhi profondi da perdersi dentro. Certo gli occhi viola di Vichi non erano facili a trovarsi in un'altra donna. Diciamo pure che è l'unica donna che io abbia visto con gli occhi così. E poi sa truccarsi bene, sa valorizzare il viso, non è come la maggior parte delle ragazze che sono più brutte quando si truccano. Eh sì la donna di spettacolo ci sapeva fare. Pure Greta comunque, si truccava sempre poco di giorno, e quando usciva la sera mai eccessivamente. In facoltà molte volte era completamente struccata. A me piaceva così. E molte volte portava la gonna che in una donna viene sempre apprezzata dagli uomini.

Vichi non l'avevamo mai vista fin'ora in pantaloni. Sempre gonne molto corte. Erano corte sì!

E bravo Andrea.

Mi ricordai di Sarah... la mia seconda ragazza, il viso e il corpo più belli che vidi mai. Cacciai subito la malinconia. Ora ci sono i miei amici qui, e pure Greta che anche se non è mia ha gambe belle come quelle di Sarah. E Sarah chissà con chi è adesso.

Vattene lasciami in pace non vedi che sono in vacanza? Greta Sarah Vichi chissà perché non ripenso mai a Rosanna eppure adesso ci ho pensato chissà com'erano le sue gambe mai viste era magra magari erano belle magari no ma chissà dove sono ora e io dove sono ora boh sono un pellegrino del buio che fluttua qua vicino nel vuoto più assoluto ma esiste poi il vuoto Flavio dice di no l'astrofisico dice di no ma come fa a fluttuare qualcosa nel vuoto lo spaziotempo il nulla il mattino la notte le gambe di Greta e la gonna corta di Vichi...

CAPITOLO QUARTO
le figlie delle ombre

Nocte volant, puerosque
petunt nutricis egentes;
Carpere dicuntur lactantia
viscera rostris,
et plenum poto sanguine
guttur habent:
est illis Strigibus nomen.
(Publio Ovidio Nasone
"Fasti" 8 A.C.)

Trovò la porta aperta. La casa era piccola, sul limitare del bosco.

D   "posso entrare?... fa freddo fuori ed è notte"

La stanza era illuminata solo dal camino acceso. Pochi mobili poveri erano disseminati nella stanza. Bottiglie e libri da per tutto. La marmitta sul fuoco attirava la sua fame. Le uova sul tavolo fecero il resto ed entrò. Il gatto nero la guardava di sottecchi e mostrò i denti soffiando.

La vide scendere dalle ripide scale. La tunica di tela, povera ma di buona fattura. La cintura di cuoio attorno alla vita stretta. Il passo leggero. I capelli carota davanti al viso bianco.

Gli occhi verdi dietro...

M   "fai pure con comodo"

D   "ho chiestotrovato la port..."

M   "ti aspettavo"

Si diresse al camino e guardò di sfuggita il calderone. Domeniga la guardò. La trovò bella nonostante fosse una donna. Magra e aggraziata. Lo sguardo più tagliente del volto. Intanto lei stava in piedi davanti alla porta chiusa. Infreddolita aspettando un invito che non arrivava.

M   "sei fuggita?" senza guardarla

D   "sì... le stanno bruciando tutte"

Non sapeva perché lo disse. Poteva esser fuggita di casa, fuggita da un convento o da molte altre parti. Ma lei rispose come se la domanda non fosse generica. Come se fosse rivolta con un unico scopo.

M   "sono innocenti?" guardandola da dietro la spalla.

Una nota di ironia in quello sguardo?

D   "no... non tutte"

M   "ti dispiace per loro?" accarezzò il gatto

D   "no..."

Alzò gli occhi verdi e la guardò dritta

M   "e tu?"

Sentì che non poteva mentire

D   "io sono la più colpevole"

Con un cenno la fece venire avanti, l'accompagnò davanti al fuoco e l'aiutò a spogliarsi.

M   "ti ho salvata la vita un anno fa"

Domeniga la guardò stupita.

M   "non tutti gli inquisitori sono stupidi... alcuni avrebbero bruciato solo quella più colpevole"

D   "tu sei..."

Guardandola sorridente Malgherta la spinse a chinarsi a terra, di fronte al fuoco.

M   "Dillo!"

D   "...una... di loro?"

La guardò dall'alto piegando i suoi abiti pesanti.

D   "una... strega..."

Malgherta sorrise maligna e ripose gli abiti su una panca.

M   "e tu?"

Andò verso una parete ricoperta di mensole cariche di bottiglie. Nel seguirla con lo sguardo l'altra vide il libro sopra la tavola. Scritto in una minuta calligrafia. Incerte figure di piante e di donne nude in acque verdi.

M   "sai leggere?"

D   "sì so leggere il latino... – si sporse per capire – ma cosa c'è scritto lì non capisco"

M   "quello che vuoi cercare"

Scostò varie bottiglie e rivelò uno specchio nascosto dietro. Lo aprì mostrando una nicchia. Ne estrasse un vasetto chiuso da un tappo di sughero.

Si chinò di fronte a lei porgendoglielo.

M   "mettilo"

Domeniga la guardava impaurita. Le fiamme del camino brillavano su quegli occhi taglienti che non conoscevano né calore né sentimento. Prese il vasetto tra le mani e lo aprì. Dentro un unguento trasparente.

D   "cos'è?"

M   "su tutto il corpo"

Si avvicinò e le aprì la tunica. Lei la lasciò fare, come se fosse priva di volontà. Le scoprì le spalle e il seno. Fu piacevole di fronte al fuoco. Il calore delle fiamme anziché la tela umida.

Cominciò a spalmarle quella crema sulla pelle. Uno strano e nuovo calore sul viso e sulle spalle, lungo la schiena e le braccia. E poi sul petto e più giù, ancora più giù. Nessun pudore la difese e nessuna intimità venne risparmiata. Le piaceva!

Con cura e meticolosità la strega la copriva con le sue mani. Quando finì si ritrovò nuda, stesa davanti al camino. La strega riponeva l'unguento della nicchia segreta. Intanto lei si guardava le braccia, le gambe. A sedici anni non conosceva rughe, eppure ora la sua pelle era più bella, più desiderabile. Più peccaminosa. Si guardò le mani perfette. I capelli nerissimi e ricci. Il seno non mostrava nessuna vena, era bianco e scolpito nel marmo.

Malgherta si mise in piedi di fronte a lei con uno specchio in mano. E si vide!

All'inizio si riconobbe. Era lei eppure non lo era più. Ora si desiderava. Passò una mano sul collo e un'altra sui capelli. E che capelli! Scivolò sul petto e sul fianco fino al monte di Venere. Come Narciso si amava e si voleva. Non era più un corpo innocente: ora era altero e sensuale. Sapeva di lussuria e di peccato.

La strega poggiò lo specchio, aprì la tunica oltre le spalle e la fece cadere. Nuda si chinò su di lei e la baciò sulla bocca. Lei l'abbracciò presa dalla voluttà. Nel peccato di quell'abbraccio trovò un'attrazione mai provata prima. E un nuovo piacere andava crescendo di fronte alle fiamme.

La guardava mentre mescolava quell'intruglio nel camino. Nonostante la conoscenza le faceva paura. Pur trovandola bella tanto quanto sé stessa c'era un misto di attrazione e repulsione. Forse io non sono come lei. Forse io non sono una strega.

M   "non pensarci nemmeno"

D   "eh cosa?"

M   "hai portato sventura più tu che io e tanti altri messi assieme" mentre riempiva due tazze.

Domeniga cominciò a mangiare senza commenti. Era caldo e buono.

D   "vivi da sola?"

M   "mia madre è morta lo scorso anno... non sono mai sola"

La guardò fissa negli occhi

M   "ormai non sognare più di essere sola!"

Le faceva paura quello sguardo. Guardò nella zuppa bollente facendo finta di soffiare.

D   "come mai sono finita qui? hai detto che mi aspettavi... è il solito trucco che usi per incantare la gente?"

M   "non hai imparato niente stanotte?"

Domeniga sentì di nuovo la lussuria scorrerle nelle vene come del miele caldo. Ripensò ai loro corpi davanti al camino nell'estasi del peccato. La guardò stupita, che avrei dovuto imparare?

M   "ti ho detto che ti ho salvato la vita un anno fa. ho rischiato di finire sul rogo per te"

D   "ma se nemmeno sai chi sono?"

Malgherta si alzò in piedi, prese una candela e si avventò su di lei. Domeniga si ritrasse ma l'altra fu più veloce. La prese per i capelli della nuca e la tirò su.

M   "vieni!"

Non cercò di divincolarsi, eppure le faceva male. La seguì come una serva mentre l'altra la tirava fuori nella neve. Camminando così a stento, barcollando entrambe nel gelo. Mentre il fiato usciva come fumo dalle loro bocche.

D   "che fai lasciami" eppure non sapeva perché ma non cercava di liberarsi.

L'altra non le rispose. La trascinò fino al pozzo dove la spinse a terra.

Mentre si rialzava la strega mise la candela nel secchio e lo calò giù.

M   "ora guarda"

Esitò

M   "GUARDA" la riprese per i capelli e la costrinse a guardare giù. Vide la luce in fondo al pozzo, come un punto luminoso che galleggiava nell'oscurità. La strega le si fece più vicina sussurrandole all'orecchio

M   "ripeti con me... angelo santo angelo bianco... "

D   "angelo santo angelo bianco..."

mentre continuava con la litania vide la luce muoversi

M   "... e tu per la tua bontà... "
poi l'acqua cominciò a ribollire
D   "... e me per la mia verginità... "
le acque si infiammarono e tutto fu luce.
Dal fondo del pozzo le fiamme si levarono, ne sentì il calore salire agli occhi. Li chiuse.
M   "NON CHIUDERLI"
Guardò nel fuoco, fino a confondere i contorni. Fino a non vedere più chiaramente dalla luce eccessiva. Sentiva il crepitio delle fiamme. Gli occhi le lagrimavano. Sentiva l'odore di bruciato nelle narici e il fumo nero sul viso. L'odore di carne bruciata imperversò da per tutto. Vedeva i roghi di fronte a lei. Dieci roghi bruciavano sulla cima di una collina. Lei la conosceva bene quella collina, e conosceva le condannate. Tre di loro erano colpevoli. Avevano maledetto, fatto ammalare, patire e morire. Assieme a una di loro aveva compiuto i riti più nefandi nei boschi la notte. Per trasgredire e per ridere dei timorosi avevano gettato al vento le maledizioni più orride e verso il villaggio i loro auguri di pestilenze. E com'è vero il demonio erano state ascoltate! Qualcuno o qualcosa in quel bosco maledetto aveva udito le loro bestemmie e le aveva esaudite! Ma questo non le aveva fermate. Ebbre del loro nuovo potere avevano maledetto il sole e sposato le tenebre. Rubato ostie consacrate e compiuto riti in onore di chi avevano imparato ad evocare.
Vide sé stessa con le braccia alzate urlare nella notte bestemmie al cielo e la sua compagna ridere in preda al delirio. La compagna che ora bruciava sul rogo anche per lei.
Udì le ultime parole di suo padre l'anno prima è stata lei è stata lei, non è mai cambiata fuggi via. Si vide a quattordici anni aiutare la madre a dividere le erbe raccolte nell'orto da altre, odorose di muschio raccolte nel bosco suo padre

che la portava in disparte rimproverandola vide sé stessa da piccina mentre la madre infilava sotto la culla un rametto d'albero suo padre urlare cos'è questo? cos'è questo? e picchiarla la nonna che correva trascinando la mamma piccina per la mano a confessarsi morire sul colpo strada facendo come per incanto riversa nell'erba la madre da bambina che giocava con la nonna no era la bisnonna la nonna urlava che non la voleva più vedere che non doveva toccarla la bisnonna da giovane bellissima con quegli occhi neri per i quali gli uomini morivano d'amore avere una figlia senza padre dare scandalo in paese la vide la notte nel bosco in una radura un cerchio di rocce sotto la luna piena era giovane e era bella era... COME LEI.

Tutto svanì. In fondo al pozzo la candela lentamente si spegneva. E tutto fu buio.

La strega la tirò su in piedi e la guardò fissa negli occhi. Come faceva a non tremare dal freddo? Domeniga era tutta un brivido eppure la strega era di fronte a lei. Il fumo usciva dalla bocca di entrambe ma solo una tremava.

D   "andiamo dentro" supplicò

Appena Malgherta chiuse la porta le disse

M   "ora sai"

Faceva fatica a scaldarsi, sembrava che non avrebbe mai più potuto sentire il calore avvolgerla. Quando lentamente cominciò a non tremare più, la zuppa da finire era ancora sulla tavola.

D   "cosa devo fare? dove devo andare?"

Le due streghe si guardarono, e per la prima volta sentirono un'intesa tra loro. E sorrisero. Malgherta si diresse al camino e da sopra la cappa prese un libriccino nero. Con entrambe le mani lo porse alla compagna

M   "porta il male nel mondo" si guardavano negli occhi.

Con le quattro mani su quel libro apparentemente innocuo.

M   "ora siamo noi i sacerdoti di ciò che non sarà mai più sacro, sappiamo e usiamo il nostro sapere, benediciamo e malediciamo, curiamo e ammaliamo, spargeremo il nostro seme, una progenie di dubbi per le certezze degli uomini"

CAPITOLO QUINTO
euterpe e chinesis

> Non vi è il minimo
> dubbio che lo sviluppo
> sostenibile sia uno dei
> concetti più nocivi
> (Nicholas Georgescu-
> Roegen,
> professore di economia
> presso la Vanderbilt
> University di Nashville,
> fondatore della
> bioeconomia)

Raggi di sole come squilli di tromba! Non ricordo chi l'ha scritto ma aveva proprio ragione. E poi perché sono sempre io il primo a svegliarsi? Mi voltai verso la finestra e nel letto più basso del mio c'era Greta che poltriva. Eravamo abituati alle sue posizioni impossibili al mattino. Ma cosa fa durante la notte? Una volta l'avevamo trovata perpendicolare al letto coi piedini che sporgevano da una sponda e la testa che ciondolava giù dall'altra con la bocca spalancata. Sembrava un cartone animato, ci mancava solo la bolla al naso.

Ora il suo corpo era steso sulla pancia, un braccio scendeva dal letto e toccava terra, il viso guardava giù dove scendevano i capelli. Le gambe bianche come l'avorio erano aperte sulle lenzuola, senza però tradire nascoste intimità. Mi venne spontaneo il pensiero di tirare giù la camicia da notte ma poi pensai che il gesto poteva essere frainteso se si fosse svegliata. Il lenzuolo era a terra lo raccolsi e la coprii dolcemente guardandole il viso. Sembrava un angelo.

Andai in bagno, chissà che dal rumore non si svegli anche qualcun altro.

A   "non è stato bello lasciarla sola durante la notte"

G   "oh ma quanto rompi i coglioni"

A   "hai deciso tu le camere..."

G   "è grande abbastanza per dormire da sola bastastaizitto"

Appoggiai i vassoi della colazione, mio e di Greta sul tavolo, mi avvicinai all'orecchio di lei sussurrandole

I   "è grande abbastanza da dormire col moroso"

G   "quando si va in giro con gli amici non si fanno robe onte con la morosa"

I   "quando si va in giro con gli amici..."

G   "non si lasciano soli in camera ok da stasera dormo con lei oh no io non la sopporto perché non dormi tu con lei? hi hi" sorridendo sotto la mano.

I   "è la prima volta che la chiami amica e non ospite"

G   "mi sono sbagliata"

La guardai male

G   "sì lo so sono un mostro non mi abituerò mai a pensarla una di noi!"

Poi con la mano sulla fronte e il gomito su tavolo aggiunse: l'ho invitata io, mentre scuoteva la testa disperata.

Se tra Vienna e Praga hai l'impressione di attraversare il deserto non hai attraversato la Francia. Campi campi campi e ancora campi. Forse perché noialtri veneti viviamo in una immensa megalopoli che si stende da Belluno fino al polesine e non ce ne accorgiamo. Quando le case distano più di cento metri l'una dall'altra la chiamiamo campagna! Qua per campagna s'intende un luogo dove per quattro direzioni non vedi altro che coltivazioni, e ti chiedi dove siano quasi sessanta milioni di Francesi. Distratto mezzo addormentato da quel paesaggio monotematico, ripensavo alle montagne ch'erano scomparse alle nostre spalle.

Chissà se Domeniga aveva percorso la stessa strada da Semogo alla Francia, per portarvi il seme del male nel 1519.

Mi accorsi che i due morosi non borbottavano più a voce bassissima suoni incomprensibili. Anzi Andrea stava parlando. Ma come? Non dormiva sempre durante i viaggi? Ah sì... ora le parti si erano scambiate: io dormivo guardando il finestrino e lui parlava alla guida.

A   "il grammofono e il cinematografo"

G   "GRAMMOFONO E CINEMATOGRAFO? ma tu sei stordito! la LAVATRICE! no il grammofono e il cinematografo!"

A   "la lavatrice? dipende! se mi dici che ti fa risparmiare fatica e poi vai a pagare una palestra allora sei tu la stordita, se fai i movimenti giusti per russare i panni sui rulli di legno come le lavandaie di una volta potresti fare dorsali, con la respirazione giusta il gioco è fatto e se sei in compagnia magari ti passi pure un pomeriggio a chiacchierare allegramente"

G   "sì e io per paciolare mi metto a sbattere i panni ma và"

A   "se mi dici che ti fa risparmiare tempo ti rispondo che dipende da come lo impieghi il tempo guadagnato"

I   "di cosa state parlando?"

G   "lui dice che le uniche due macchine utili inventate dall'uo..."

A   "se lo impieghi per guardare la televisione da sola allora facevi meglio a lavare i panni a mano"

G   "oh! stavo parlando"

A   "pur'io!"

G   "e poi uno impiega il tempo come vuole"

A   "guarda! sei pure libera di buttarlo via il tuo tempo ma non dirmi che la lavatrice è utile perché ti permette di buttare il tempo perché allora è DISutile nemmeno inutile DISutile"

Ma questo era un discorso da Flavio! Ch'era successo ad Andrea? Questo era il classico discorso che io e Flavio imbastivamo quando cercavamo di evitare qualche lite tra Greta e Stefano. Cominciavo a conoscere in Andrea lati nascosti. Forse era la voglia di farsi guardare con importanza da Vichi...

A   "e poi non tieni conto della sostituibilità, se non hai una lavatrice vabbeh lavi a mano, se non hai un grammofono che fai? noleggi un'orchestra?"

G   "uso l'ipod"

A   "ma no non capisci, l'ipod è solo l'evoluzione e solo per avere una qualità del suono migliore perché se si rompe lo butti via. pensa... il grammofono se si rompe LO PUOI RIPARARE non è meraviglioso?"

G   "ma che cagata"

Greta disprezzava il discorso forse senza analizzarlo.

I   "no beh su quest'ultimo punto sono d'accordo con lui una volta gli oggetti erano fatti per durare, costavano molto di più è vero ma li potevi riparare pensa solo a una cosa, ti sei mai accorta che l'ipod non ha la batteria staccabile?"

G   "estraibile eh allora?"

I   "perché prima che si rovini te ne sei già comprato un altro"

G   "sì ok è vero oggi c'è molto consumismo in tutti i prodotti, ma perché prodotti così sono accessibili a tutti una volta quanti si potevano permettere un grammofono?"

A   "io sto facendo un discorso teorico è vero, con TUTTI i suoi difetti ma trovo meraviglioso che abbia una manovella e che tutto funzioni grazie a quella, non c'è corrente elettrica batteria da ricaricare inquinamento anidride carbonica effetto serra o che so mi! una manovella che carica una molla! perché le macchine fotografiche digitali non vanno a manovella?"

I   "è vero perché?"

A   "quando devi fare una foto dai due giri e scatti! niente batterie!"

I   "ma cosa carichi con le due girate"

A   "aah ti basta un condensatore che accumuli l'energia necessaria o qualcosa di simile, non occorre che la progettiamo ora tu e io è l'idea che conta"

G   "torniamo al discorso di prima non posso essere d'accordo con te che le uniche macchine utili inventate dall'uomo siano il grammofono e il cinema"

A   "cinematografo ho detto pure quello a manovella niente batterie, la luce è accesa anch'essa dalla manovella, e pensa ad un'altra cosa, l'unica volta che ho visto mio nonno, papà di mia mamma, è stato in un vecchio filmato muto del matrimonio di mia zia. non è stato come guardare delle vecchie foto, guardare lui in movimento i gesti il modo di muoversi... è stato COMMOvente è una cosa che non ha prezzo, registrare un momento di una vita e darlo ai posteri, registrare delle immagini o una voce... quESTE sono cose utili altro che la lavatrice"

G   "l'automobile?"

A   "inquina e fa rumore, chissà che silenzioso era il mondo all'epoca delle carrozze"

I   "era pure pieno di merda di cavallo comunque"

G   "ah ah è vero non pensiamo mai alle strade di una volta piene di merda che schifo"

A   "ah avrà saputo pure una bella puzza non metto in dubbio ma non inquinava, pensa che razza di merda esce dallo scappamento e ti farai un'altra idea di cosa esce dal buco del culo di un cavallo"

G   "ma parli così davanti a tua morosa non ti vergogni?"

V   "oh non ci faccio caso sento di peggio tutti giorni"

Greta mi guardò e sussurrando: e pure lo pronunci tutti giorni così sboccata che sei, la tua bocca è peggio del buco del... le diedi una gomitata con gli occhi spalancati e col labiale le dissi: TI SENTE! alzò le spalle e si rimise a guardare avanti

G   "l'automobile ti permette di essere in molti posti in poco tempo"

A   "adesso ti frego, una volta la gente lavorava o sotto casa o al massimo a un'ora di cammino, adesso lavorano o sotto casa o al massimo a un'ora di macchina. sono solo aumentate le distanze il tempo è rimasto lo stesso quindi non ci abbiamo guadagnato niente"

G   "grazie all'automobile possiamo andare a parigi!"

A   "sai che bello percorrere tutta la francia in carrozza!"

G   "sballottata di qua e di là ma tu sei matto!"

A   "intanto le carrozze avevano un sistema di sospensione un differenziale molto sofisticato e poi quando fai i viaggi in autostrada non vedi nemmeno il paesaggio. tu che dici amore non hai detto nulla"

V   "mah io..."

G   "e tu stefano non hai detto nulla"

S   "andrea ha idee molto interessanti ma poco pratiche vive in un mondo tutto suo"

V   "trovo che ha un'idea di utile molto spirituale"

G   "SPIRITUALE andrea spirituale chi l'avrebbe mai detto! si vede che vichi è innamorata" sorridendo.

A   "insomma quello che voglio screditare è il nostro stile di vita, perché mi devo comprare a rate un telefonino nuovo quando quello vecchio funziona ancora? non ho nemmeno i soldi per prenderlo ma lo prendo a rate e solo per sfoggiarlo davanti agli estranei!... compriamo con soldi che non ci appartengono oggetti che non ci piacciono per piacere a persone che non amiamo!"

Scoprivo in Andrea cose che non avrei mai sospettato, per troppo tempo ho fatto con Flavio un gruppo nel gruppo. Il suo discorso anche se poco condivisibile e a tratti estremizzato era interessante, le sue motivazioni erano affascinanti, e soprattutto non avrei mai pensato Andrea capace di pensieri così profondi, che nascondevano un animo sensibile e una capacità di criticare quello che ti viene dalla società come dato di fatto concluso. Greta era stata troppo frettolosa nel rigettare quei ragionamenti, forse nemmeno se li aspettava o più probabilmente era la prima volta che Andrea parlava in viaggio in macchina ed era il moroso di Vichi.

A   "una persona felice non compra oggetti costosi e inutili, non consuma sempre di più, una persona felice spende e consuma molto meno di una stressata e infelice che compra antidepressivi e va dallo psicologo, una società di persone felici non ha bisogno della parata militare del due giugno non ha bisogno di una economia in continua crescita non si può produrre sempre di più e consumare sempre meno, una società di persone felici non ha nessun bisogno della crescita!"

V   "ma tu hai un coso a casa?"

A   "eh?"

V   "dai! un grammofono?"

A   "certo!"

V   "te paréva, qualsiasi roba vècia eo la g'ha"

A   "non ho ancora un cinematografo"

V   "inciderò i miei dischi in vinile"

A   "78 giri miraccomando altrimenti il grammofono non funziona"

V   "pure!"

A   "non è che non funziona ma come dire..."

V   "falsa la cosa la tonalità"

A   "esatto"

CAPITOLO SESTO
la messa nera di Caterina De Medici

Intorno al Congreffo Notturno delle Streghe imprendendo io in quefto Trattato a ragionare, ho creduto prima d'ogni altra cofa opportuno per entro la più remota ed ofcura antichità andar ripefcando il vero nafcimento, ed i primi efordj di quello.
(Girolamo Tartarotti "Del congresso notturno delle Lammie" 1749)

A voi ricorro con fede incrollabile spiriti delle tenebre. O Incubo che sottometti le donne, una delle tue fedeli è qui, accordale quanto desidera. Azathoth, tu che conosci i più occulti segreti fa che io dal sacrificio che si sta per compiere possa avere la rivelazione. Yog Sothoth fai vedere attraverso uno spiraglio le cose che succederanno. Col potere accordatomi fin dalla mia gioventù, di cui mi siete stati guide, aiutatemi spiriti invocati. Osservate la purezza dei nostri sentimenti, considerate il mio vivo desiderio di regina maga! Come serva mi inchino innanzi alla vostra potenza. Grazie a voi ho operato senza mai fallire, perché tu Nyarlathotep con la tua potenza mi hai sempre guidata. In segno di gratitudine e fiducia ti offriamo questo fanciullo, vero agnellino innocente, o Azazel, primo ministro della corte che brilla nelle tenebre, strumento necessario e indispensabile per ottenere la verità.

La testa mozzata sanguinava ancora. Gli occhi vitrei e innocenti sulla patena dorata. Sul pavimento giaceva il corpicino vestito di bianco. Ma il rosso lo macchiava per sempre.
Cinque figure nell'oscurità appena corrotta dalla luce delle candele. Il nefando sacerdote si allontanò dall'esecrabile offerta, mentre una voce di donna continuava a sussurrare strane litanie e strani nomi che non dovrebbero essere mai pronunziati.
Si avvicina la figura di un uomo. Tremante sussurra qualcosa all'orecchio del fanciullo. Poi si allontana velocemente. La bocca del morto si apre. Silenzio! Nessuno respira più. Dalla bocca esce una voce:

"vim patior"

Un urlo nel buio. L'uomo che si era avvicinato alla testa sembra impazzito e delira "portate via quella testa! portatela via!" Invece portano via lui ormai in preda alla follia. La donna si getta sulla testa mozzata. Le mani ghermiscono la tovaglia ribaltando le candele. Nel disperato tentativo di udire ancora qualcosa, ancora un'altra parola. Ma niente: la testa tace. Ha emesso il suo terribile e inappellabile verdetto.

Castello di Vincennes, notte del 28 maggio 1574.

Da molto tempo il sabba si era trasformato da rito boschivo del popolo, a qualcosa di più sofisticato e crudele. Da quando aveva sedotto il clero e la nobiltà si era arricchito di omicidi rituali e accoppiamenti mostruosi.

Eccolo quindi alla corte di Francia, quando la regina madre, strega disperata per la malattia del figlio Carlo IX volle consultare l'oracolo della testa sanguinante.

Ma non sempre gli adepti delle tenebre vengono accontentati, e da allora Carlo IX non parlò più, chiuso in un mutismo assoluto mostrava con gli occhi un terrore senza speranza, l'oppressione di un inferno anticipato.

Carlo IX muore il 30 maggio 1574.

CAPITOLO SETTIMO
no bici e discussión

Un insegnante di una scuola superiore dopo una conferenza venne da me e mi chiese, "Qual è la differenza tra una lingua e un dialetto?" Io ho detto che era una questione di soggettività intellettuale, ma lui mi ha interrotto dicendo: "Questo lo so, ma le voglio dare una definizione alternativa. Una lingua è un dialetto con un esercito e una marina."
(Max Weinreich, professore di storia della letteratura al City College di New York, esperto e divulgatore di Yiddish)

Parigi inizia molto prima di Parigi. Se Parigi val bene una messa non so se valga la periferia che la circonda. Alloggiammo in un piccolo albergo in Boulevard Voltaire, con l'unico motivo che costava "poco". Poco è un ottimismo a Parigi ma era il regalo di laurea per tutti quanti, tranne per Vichi. Greta anticipava il regalo di qualche anno. Ognuno nutriva la segreta speranza di riuscire a farsi avanzare un po' di soldi e tenerseli, tranne Vichi. Speranza che svanì comunque molto presto.

L'albergo era piccolino e arredato in modo estremamente pacchiano, si dice kitsch? Beh se non sapeste cosa significa andate in quell'albergo: era tutto rivestito di velluto e cuoio, ripiegato e abbottonato come nello schienale di una vecchia poltrona. Ma tenuto conto delle bettole che avevamo abitato fin'ora era il più bell'albergo della nostra carriera turistica.

S   "e coi soldi che costa ce lo facciamo piacere"

G   "oh allora se è per questo è belliSSimo!"

Greta in camera con Vichi, i tre uomini tra loro. Capimmo subito che non c'erano camere per tre e che ne avevano creata una per noi, ma andava bene così. Eravamo a Parigi e questo bastava a rendere le donne euforiche.

S   "adesso dime - prendendomi per un braccio mentre passeggiavamo per strada – cossa g'ala sta parigi de tanto beo"

G   "COSSA GAO XEO DRIO LAMENTARSE ma pensa che bei negozi ci saranno in centro"

A   "ah ecco i negozi no la città"

I   "beh parigi è una bellissima città forse noi italiani siamo troppo abituati a città splendide..."

G   "e non ci rendiamo conto di quanto difficile sia trovarne una così"

A   "comunque adesso siamo qua e godiamocela"

G   "bravo ANDREA GODIAMOCELA"

S   "evvai andrea GODITELA"

G   "sei uno stronzo stefano"

S   "che ho detto?"

G   "la tua solita cagata"

I   "basta per piacere"

Greta mi raggiunse, come al solito mi diede una stampella e mi prese a braccetto

G   "e li ho pure portati a parigi oh no"
Dopo qualche passo lungo Boulevard Voltaire
V   "andiamo prima a mangiare o guardiamo subito i cosi?"
I   "giussto bisogna pur mangiare"
A   "ma... il centro non è a sinistra? dovevamo prima raggiungere la rotonda e poi andare per... rù du faubOurg santantuànn"
G   "ma come pronuncia bene il francese il nostro andrea! vichi per piacere togligli quella cartina dalle mani"
V   "sei noioso con quella cartina ha ragione"
I   "qualcuno sa dove stiamo andando?"
A   "facciamo ancora in tempo a tornare indietro"
Vichi gli tolse la cartina e se la mise nella borsetta
A   "ma daai" la morosa lo zittì con uno sguardo e lo prese per mano
G   "come camminano teneramente a maniiina"
I   "qualcuno sa dove stiamo andando?"
S   "qualcuno in figa"
G   "STEFANO   BASTA   SEI   UN   GRAN MALEDUCATO"
S   "era solo un augurio d'amico"
A   "sì ma finché lo dici lei non me la da e allora ohuf! – gli arrivò una gomitata – oh fai male sai"
V   "perché non sai cosa ti succede la prossima battuta cosa che dici"
G   "voi uomini pensate solo a quella cosa là"
S   "oh oh è solo perché voi donne pensate a quel cos..."
G   "BASTA"
I   "qualcuno sa dove stiamo andando? comunque se apri la prima pagina di libero e guardi nella sezione donne si parla sempre di sesso"
G   "e tu cosa guardi nella sezione donne di libero!"

S   "aveva capito male il titolo"

I   "qualcuno sa dove st..."

G   "mamma che noioso che sei qua a sinistra" indicando con una stampella una stradina che si affacciava sul nostro incrocio.

Il Boulevard Voltaire, che già era grande e alberato confluiva in una strada ancora più grossa e alberata anch'essa. Tutti girammo attorno alla casa che faceva da cuneo tra le due strade.

G   "ma dove andate?"

A   "hai detto tu a sinistra"

G   "ma di qua" indicando le strisce pedonali

Poi urtò con una stampella una bicicletta appoggiata alla ringhiera che delimitava i marciapiedi. Se non correvo a fermare la reazione a catena sarebbero cadute tutte.

G   "oh vedo che almeno qua non c'è la scritta vietato appoggiare bici a padova non si sa dove metterle"

I   "è perché a padova hanno visto te con le stampelle e allora..."

G   "ah ah ah" annoiata

I   "ma dove stiamo andando?"

A   "dove dice greta non l'hai capito?"

S   "ma perché questa stradina?"

G   "ooh fidatevi!"

I   "questa stradina qua? tra un negozio di tabacchi e..."

G   "ma non è un negozio di tabacchi è un bar cosa dici?"

I   "ma... sei già stata a parigi?"

G   "lui legge havane e crede vendano sigari avana"

Imboccammo quella stradina senza fare altre domande.

Rue Saint Sébastien, la percorremmo tutta, incrociammo l'ennesima strada alberata ma Greta imboccò un'altra stradina di fronte come sapesse la strada. Rue du Pont aux Choux che poi diventava Rue Pastourelle.

A   "come la pastorea che i fa a codevigo"

V   "cóssa fai a codevigo?"

A   "dalle altre parti fanno la chiara stella a natale e da loro la pastorella"

V   "an"

A   "è una cosa molto sentita la fa quasi tutto il paese"

V   "non frequento molto" tagliando il discorso. Vichi non era quel che si dice molto religiosa. Nel frattempo noi seguivamo la nostra guida stampellata.

S   "te la ricordi la strada del ritorno vero?"

G   "sì sì" girando nuovamente a sinistra

S   "e perché stavolta a sinistra e perché proprio qua?"

I   "non fare domande" ero curioso di sapere dove Greta ci stava portando.

Non procedeva a caso, aveva qualcosa in testa, si era studiata la strada a memoria e ora ci conduceva con tanta fretta che andava più veloce lei con le stampelle di noi. I morosi restavano costantemente indietro e io li attendevo ogni volta che Greta cambiava strada.

Rue du Temple e poi per la prima volta a destra: Rue de Montmorency. Qui Greta rallentò. Siamo quasi arrivati pensai, eppure non ci sono negozi, è una stradina abbastanza anonima. Una camminata da 50 minuti...

S   "t'eto persa?"

Greta guardava in giro sempre andando avanti. Non c'erano monumenti chiese piazze. Cosa c'era lì di tanto interessante?

Avanzammo anche dopo l'incrocio, ad un certo punto la stradina si strinse e Greta si fermò.

G   "ooh eccoci arrivati" contemplando con due occhioni il palazzo a sinistra

S   "e cóssa xe sta roba?"

A   "e còssa xe sta roba?" faceva eco Andrea che arrivava a manina con Vichi.

V   "me piaxe che uno dixe cóssa e l'altro dixe còssa"

A   "il mondo è bello perché e vario" baciandola sulla bocca.

Mi fermai a fianco di Greta a guardare.

S   "un ristorante? e perché proprio questo?"

Il palazzo era molto vecchio, la sera ormai scesa rendeva le pietre ancor più scure e cariche di anni. Qualche filo elettrico a penzoloni. Misi a fuoco e vidi che tutte le pietre erano scolpite con strane lettere gotiche. Al primo piano tra due finestre a inglesine bianche il numero 51.

I   "ma che posto è questo?" sussurrai a Greta

G   "un posto magico"

A   "ma una bettola come quella del jecki! mi piace"

V   "vai per bettole?"

A   "solo quelle dove si mangia bene"

V   "allora andiamo d'accordo amore"

A   "sì tesoro"

G   "ohu fate cariare i denti voi due dai entriamo"

L'insegna recava la scritta: Nicolas Flamel. Andai avanti e spinsi la porta verde con i vetri ricoperti di adesivi. Parigi val bene una cena.

CAPITOLO OTTAVO
la messa nera di Athenais de Montespan

Margarita Bremont moglie di Nouello Laueret ha detto, che Lunedì proffimo paffato uenendo lo fcuro della notte ella fu infieme con Maria fua madre a un ritrouo preffo al Molino Franchifo di Lõgny in un prato, & effa fua madre hauea un baftone infra le gambe, dicendo. Io nõ porrò altrimente le parole. & di fubito furono trafportate ambedue in quel luogo, doue ritrouarono Giouanni Roberto, Giouãna Guglielmini, Maria moglie di Simone d'Agnello, & Guegliemetta moglie d'uno detto il Graffo, che haueano ciafcuno una fcopa. Si trouarono ancora in quefto luogo fei Diauoli, i quali erano in forma humana, ma horribiliffimi da uedere, & che doppò finito il ballo, i Diauoli giacquero

con effe, & ebbero la loro
cõpagnia, & l'uno d'effi,
che le hauea condotte a
ballare, la prefe, & la
baciò due volte, & habitò
con effo lei lo fpatio di
piu di meza hora, ma egli
mandò fuori il feme
molto freddo.
(Jean Bodin
"Demonomania   degli
Stregoni" 1580)

La notte era buia, il cielo coperto non presagiva nulla di
buono. La carrozza aspettava, i cavalli erano inquieti.
Quasi sentissero nell'aria qualcosa di strano.
Dal palazzo uscirono due figure femminili. Una maschera
copriva il volto di entrambe. L'ampio e ricco abito di una
delle due ne tradiva l'altissimo rango. Non disse una
parola ma i suoi occhi scrutavano come stelle vaghe
nell'oscurità.
Il cocchiere si affrettò ad aprire lo sportello
C   "madàme"
La più nobile salì in carrozza, l'altra rimase a terra e disse
D   "partite il più in fretta possibile! al castello di
villebousin senza alcuna sosta!"
C   "sì madàme... e per il ritorno?"
D   "aspetterete lì, non allontanatevi per nessun
motivo" e mise nelle mani dell'uomo un sacchetto pieno
di monete
C   "sarà fatto madàme"
La dama a terra scrutò un attimo nel finestrino, sicura
d'aver visto la tenda muoversi. In effetti si scostò e da

sotto la maschera la sua padrona la guardò con due occhi interrogativi.

Un inchino come a dire: ci sono ultimi ordini? ma l'altra con un gesto nervoso chiuse la tenda e battè sul tetto.

D   "partite! partite!"

La carrozza sfrecciò veloce sul terriccio bagnato. All'orizzonte chiarori di lampi. Un vento freddo salutò la dama che corse all'interno del palazzo. Rapida e silenziosa.

I cavalli correvano sotto la frusta. La strada non era breve e il luogo da raggiungere non era il migliore per una notte tra amanti. Un trecentesco lugubre castello, circondato da spettrali alberi contorti.

La carrozza si fermò dove convenuto. Il cocchiere scese e aprì alla signora. Le porse il braccio ma lei non volle e scese da sola. Alla porta del castello un paggio l'aspettava. Anch'esso portava una maschera nera.

C   "vi aspetto qui madàme?"

Lei si limitò ad annuire col capo prima di sparire dietro il tetro portone.

La stanza conteneva molte candele accese, ma la luce rimaneva soffocata. Le pareti rese bluastre dai vapori e dagli incensi bruciati durante i riti, impedivano a questa di diffondersi e davano un'atmosfera inquietante.

Il paggio accompagnò la donna fino all'atrio della stanza.

P   "qui voi sapete cosa dovete fare"

Lei annuì. Il paggio entrò nella sala blu, lei rimase a pochi metri dalla porta ad aspettare.

Lentamente si slacciò il vestito dietro la schiena. Continuò con lentezza fino all'ultimo abito. Le rimaneva solo la tunica bianca. Cadde anche quella. Nuda entrò nella sala blu. Solo la maschera le copriva il viso. Piegò le sue gambe fino ad inginocchiarsi di fronte al sacerdote vestito di bianco. Il volto di tutti era nascosto dalla falsa luce delle candele. Lui appoggiò sui suoi capelli sciolti il grosso libro e iniziò a leggere una serie di incomprensibili maledizioni. Altri presenti intonarono come in una nenia sussurata e ossessiva la parodia del veni creator.

Dopo di che il libro venne riposto sul leggio e lei si alzò.

Il bianco sacerdote indicò con la vecchia mano l'altare. Lei stese il suo bellissimo corpo su quella pietra umida. In un ultimo slancio di pudore coprì il seno con le braccia ma gliele aprirono lungo i fianchi. Sentì la superfice fredda del calice d'oro che le veniva posto sul grembo e poi vide davanti ai suoi occhi un bambino ancora infante che piangeva e si agitava tra le mani del prete. Allora lei pronunciò con il dialetto di Versailles che ne tradiva così l'identità:

M   "Astaroth, Asmodée, princes d'amour, je vous conjure d'accepter le sacrifice de cet enfant. En échange, je voudrais conserver l'affection du roué, la faveur des princes et des princesses de la cour et la satisfaction de tous mes désirs"

Vide il pugnale. La gola dell'innocente squarciata. Il calice che cominicava a pesare sempre più. Non abassò lo sguardo ma sapeva cosa stava succedendo.

Fu officiata la messa al contrario sul suo corpo nudo, attorno a quel calice, a quella terribile offerta. Poi fu libera d'alzarsi. Si inginocchiò di nuovo di fronte al sacerdote prima di tornare a vestirsi nella stanza accanto.

G   "bisognerà officiare tre volte"

M   "so chi siete Guibourg!" l'uomo fece un passo indietro ma riprese subito il controllo di sè.

M   "e so che non è il primo bambino che uccidete" mentre si riallacciava il bustino dietro la schiena. Lui si offrì d'aiutarla ma lei rifiutò.

G   "inutile tenere la maschera con voi madàme siete troppo astuta, mi chiedo perché continuiate a tenere la vostra"

M   "anche se sapete benissimo chi sono preferisco non vediate il mio viso, nonostante abbiate avuto l'onore di contemplare tutto il resto" si guardò allo specchio, mancava solo la parrucca che ora sistemava con molta cura sul proprio capo.

G   "sarà necessario cambiare posto, è più sicuro se..."

M   "sarà fatto! vi farò sapere per tempo" si voltò e uscì.

Il paggio mascherato l'accompagnò alla porta del castello e lei senza dire una parola montò in carrozza. Rifiutando di nuovo il braccio del cocchiere.

La pioggia cominciò a scendere. La città dormiva ancora.

Parigi 1673.

I fatti narrati in questo capitolo sono tratti dalle confessioni a carico di madame de Montespan riportate negli archivi della Bastiglia

CAPITOLO NONO
Nicolas Flamel

La parola Magia è Perfiana, & fignifica fcienza delle cofe diuine, & naturali, & Mago non era altro che Filofofo. Ma fi come la filofofia è ftata adulterata da' Sofifti, & la fapienza, laquale è dono di Dio, all'impietà, & idolatria de' Pagani, cofì la Magia è ftata uoltata in malie, & incantefimi diabolici.
(Jean Bodin "Demonomania degli Stregoni" 1580)

Non eravamo all'est dove in tutti i locali parlano italiano, adesso eravamo in Francia, dove tutti hanno il dovere di sapere il francese. Comunque ordinammo quello che ci consigliava la casa.
Vichi non ordinò quasi niente. Fino ad allora aveva mangiato pochissimo, ma eravamo in viaggio, ora non c'era alcun motivo. In apparenza...
Nel locale c'erano molti specchi, alcune travi di legno che facevano da colonne alle scale tradivano l'antichità dell'edificio, che il mobilio parigino avrebbe voluto nascondere con un più turistico belle epoque. Tavolini rotondi e sedie bianche come le tovaglie. Gli occhi di

Greta sembravano voler mangiar tutto quello che vedevano.

Ma poi si voltò verso Vichi.

G   "non mangi nulla stai poco bene?"

V   "no no a parte che sono un po' cosa ma non so come fai tu a mangiare tutte quelle cose"

G   "quali cose? – offesa – e comunque andrea sei un idiota!"

ahi ahi qui si mette male, meglio se tiro fuori un discorso alternativo

V   "massì primo secondo contorno dolce e sei così magra! si mangia un'insalatona NIENTE cosa a metà pomeriggio e alla sera una mela o una banana"

Greta aveva gli occhi fuori dalle orbite, mi guardò disperata. Andrea faceva finta di niente, Stefano si guardava in giro.

G   "io vado in giro a dare un'occhiata" mentre faceva una foto al secondo in ogni direzione. Con l'agilità dell'abitudine salì le scale di legno nonostante le stampelle. Anch'io guardavo incuriosito quel locale, chiedendomi che avesse tanto di speciale. Indubbiamente era stato rimaneggiato molte volte. Oltre alle vecchie travi c'era anche una nicchia a mezzaluna sul muro vicino alle scale, che lasciava pensare a qualche uso precedente. Ora c'erano tre candele.

Il cibo arrivò prima di Greta.

S   "speta..." facendo per alzarsi

I   "vado io vado io" mi alzai velocemente per cercarla.

Stranamente al piano di sopra i tavoli erano vuoti. Tra le due finestre ad inglesine bianche una nicchia ospitava quattro candele.

G   "si vede che la casa è antichissima guarda la parete di pietra, peccato che solo quella esterna si è conservata, le altre pareti sembrano tutte rifatte"

I   "hanno già portato gli ordini credevo ti fossi persa"

G   "e guarda qua la finestra di sinistra è a filo col muro mentre da fuori... – cercando nella macchina fotografica – la casa sarà un metro più larga c'è un'intercapedine UN PASSAGGIO SEGRETO"

I   "grètà... non hai fame?"

G   "dai aiutami a salire che ho le stampelle"

I   "salire dove?"

G   "ma lì"

e indicò sopra un'alcova con dei divani una botola sul soffitto

I   "ma dOve vuoi andAre ma cheffAI" stava già salendo sopra i cuscini

I   "ma che ti succede? perché sei voluta venire qui?"

G   "seguimi" con gli occhi raggianti mentre con la punta di una stampella apriva la botola.

Una volta messe le braccia su due lati del buco era facile anche per lei salire.

I   "attenta a non farti male"

G   "guarda che non arrivi nessuno passami le stampelle"

Inutile dire che salii anch'io. Che potevo fare?

Odore di polvere da per tutto, la soffitta aveva anch'essa due finestre ma molto più piccole, e un soffitto a due falde sotto un tetto a punta. Il colmo era altissimo.

I   "che ci facciamo qui" sotto voce

G   "fotografiamo TUTTO"

I suoi flash mi abbagliavano e così non riuscivo ad abituarmi alla penombra

I   "greta smettila non vedo niente"

G   "questa è la casa di nicolas flamel l'amico immortale di SILENTE!"

In realtà Nicolas Flamel non abitò mai in quella casa.

I   "l'amico di chi?"
G   "l'amico di silente il preside di HOGWARTS"
I   "vuo... ma... cosa? mi hai portato fin qui per..."
G   "se avessi letto anche tu harry potter oh che ignorante che sei ma non capisci?"
Cominciavo ad abituarmi all'oscurità e vedevo un sacco di cianfrusaglie e roba vecchia che avrebbe fatto la felicità di un mercatino della domenica. Ogni terza domenica del mese, prato della valle , Padova! Occorreva venire a Parigi?
C'erano un torchio e caratteri mobili sparsi un po' da per tutto. Oltre che vecchi libri e scaffali pieni di bottiglie.
I   "dai andiamo via"
G   "ma che hai non sei curioso?"
A dire il vero morivo dalla voglia di portarmi via qualcosa ma dentro di me sapevo di essere in casa d'altri.
G   "chi salva un oggetto dalla distruzione ne è il leggitimo proprietario non lo sai?" e allungò una mano verso un vecchio libro
I   "greta! non prendere UN ALTRO libro"
Mi guardò di colpo, atterrita e triste. Mi strinse forte un braccio fino a farmi male guardando davanti a sè cercando la forza di rinunciare.
I   "dai andiamo"
Mi seguì giù
G   "aspetta ti passo le stampelle" sparì per un attimo da sopra di me per poi ricomparire con le due compagne.
Raggiungemmo la sala cercando di fare gl'indifferenti.
S   "ce ne avete messo di tempo"

I   "ci avete aspettato?"

G   "grazie per averci aspettato eh!"

S   "e dopo! voi sparite e noi vi aspettiamo?"

Notai che i piatti erano ancora pieni, Stefano ci teneva a fare il maleducato e invece aveva atteso fino a quel momento per iniziare non appena fossimo comparsi. Greta mi guardava sorridente come una bambina che ha rubato qualcosa di goloso. Inutile dire che appena usciti volle pure una foto davanti al locale mentre tutti si lamentavano che non c'era nulla da fotografare. Gli sguardi d'intesa tra me e lei si moltiplicavano, ma poi prese a braccetto Stefano dicendo:

G   "e non dite che non vi porto in posti speciali qui si mangiava MAGICAMENTE bene"

S   "come in qualsiasi altro posto"

Poi Greta si voltò verso di me e con le labbra mimò: una mela o una banana bleah, storcendo la sua bella bocca il più possibile.

CAPITOLO DECIMO
l'affare dei veleni

Il 29 marzo 1973 Leonardo Vitale si presentò alla questura di Palermo, confessò di essere un boss mafioso, si autoaccusò di molteplici reati, fece i nomi di Salvatore Riina, Giuseppe Calò, Vito Ciancimino ex sindaco di Palermo. E soprattutto per la prima volta rivelò allo stato l'esistenza di Cosa nostra. Venne dichiarato infermo di mente e affetto da schizofrenia. Rinchiuso nel manicomio criminale di Barcellona Pozzo di Gotto nel '77 ne uscirà sette anni dopo nel '84. Venne ucciso lo stesso anno con due colpi di lupara da un uomo mai identificato sull'uscita di una chiesa.

Nel 1672 muore il cavaliere Godin de Saint-Croix, tra le sue carte vengono trovate chiare accuse contro la sua amante Marie-Madeleine d'Aubray marchesa di

Brinvilliers. Avvelenamento del padre, dei fratelli e della sorella. Prima di venire catturata la Brinvilliers fugge in Inghilterra e ivi scompare.

Le indagini però continuano.

Viene scoperto un laboratorio per la preparazione di veleni in casa del de Saint-Croix e della marchesa. Un suo domestico catturato e torturato confessa innumerrevoli crimini della padrona.

Si apre così il vaso di Pandora di quegli orrori che verrà ricordato per molto tempo in Francia come "l'affare dei veleni".

La Brinvilliers viene condannata a morte in contumacia nel 1673. Viene richiesta la sua estradizione a re Carlo II d'Inghilterra ma ormai nessuno sa dove essa sia. Le truppe francesi in stanza a Liegi per la guerra d'Olanda la trovano casualmente in un convento. Riconosciuta viene portata a Parigi. Prima del patibolo però la tortura le estorse una confessione. Viene arrestata un'altra avvelenatrice: Maria Bosse, che confessa d'aver venduto veleni a svariate mogli di membri del parlamento che volevano uccidere i propri mariti. Sotto tortura pronunzia il nome di Catherine Deshayes, vedova Montvoisin, detta La Voisin.

Nel 1677 Luigi XIV per fare luce su quanto stava accadendo istituisce per la seconda volta in Francia dal 1535 il tribunale speciale della Camera Ardente, con il potere di giudicare senza possibilità di appello.

Ma la caccia alle streghe era appena iniziata.

Catturata La Voisin confessa anch'essa ma i nomi che pronunzia scottano solo a sentirli nominare: la duchessa di Bouillon, la contessa di Roure, la viscontessa di Polignac, il maresciallo di Lussemburgo, e infine le nipoti del cardinale Mazzarino primo ministro di Francia, tra cui Olimpia Mancini ex amante del re veniva accusata d'aver tentato di uccidere la duchessa de La Vallière quando l'aveva sostituita nelle grazie di sua maestà.

Luigi XIV avvisato della bufera che rischiava di percuotere tutta la corte non esitò a ordinare: continuate!

Gabriel Nicolas de La Reynie, luogotente di polizia fa riaprire tutti i casi di morte improvvisa, persino quello di "madame" cognata del re sole nonché sorella del re Carlo II d'Inghilterra. Un sospetto nasceva nella sua testa: se la Mancini aveva realmente tentato di assassinare La Vallière, era forse per questo che La Vallière si era rifugiata in un convento? Per sfuggire alla sua assassina? Se "madame" era morta avvelenata era un caso che fosse stata pure lei indicata come amante segreta del re?

L'affare iniziava a scottare.

Inoltre ora venivano fuori altri crimini: messe nere, bambini uccisi durante riti nefandi compiuti in onore di Satana. La corte di Francia si stava trasformando in un covo di streghe.

L'infaticabile de La Reynie, colui che aveva posto fine alla corte dei miracoli inviando 60000 persone alle galere dopo averle marchiate a fuoco, non si fermava di fronte a nulla.

Il re Luigi XIV, che non era un inetto, diede l'incarico al suo ministro della guerra Louvois di iniziare un'indagine indipendente e segreta. Ma ciò che il re non sapeva era che il suo ministro si era già mosso, e molto prima. Prima di chiunque altro.

Nel 1669 Louvois invia una lettera a Saint Mars, governatore della prigione fortezza di Pinerolo. Avvisandolo dell'arrivo di un prigioniero sotto il nome di Eustache Dauger. Da tenere sotto strettissima sorveglianza, in una cella con porte doppie in modo che nessuno possa vederlo né udirlo.

CAPITOLO UNDICESIMO
la maschera di ferro

La prima menzione della Maschera di ferro si trova in una lettera di Enrichetta d'Orléans sorella del re Carlo II d'Inghilterra, cognata di Luigi XIV di Francia, morta nel 1670 dopo aver gettato a terra un calice urlando: "mi hanno avvelenata, mi hanno avvelenata!".

Io sorridevo, ero finalmente spensierato. A passeggio per Parigi con gli amici. Misi le mani in tasca e mi guardai attorno bighellonando. Ero un po' prevenuto sulla meta del viaggio di quell'anno: Parigi è uno stereotipo che tutti nominano e vogliono visitare, che molti dicono bellissima senz'averla mai vista. Una meta di turismo di massa. Insomma una cosa che non era nel nostro stile. Ma soprattutto nel mio.

Però passeggiando la sera, l'aria fresca mi fece entrare in un'atmosfera bohémien. Non occorre essere a Parigi per vivere quell'atmosfera, ma se continuavo a ripetermelo non mi sarei goduto quella vacanza, quindi tanto valeva buttarsi e vivere.

I   "greta fa da guida un'altra volta?"
G   "se vi fidate"

A   "minga massa ma se ci eviti la difficoltà di guardar a ogni passo la cartina..."

V   "come fai tu di solito?"

G   "AH AH persino vichi lo dice sei proprio sempre il solito andrea, comunque seguitemi"

A   "meta?"

I   "meta?"

G   "oooh come siete noiosi FIDATEVI NO? non vi ho portato in un bel posto prima?"

I   "intendi parigi?"

G   "sì proprio parigi" guardandomi ridendo, così accentando la battuta.

Si tolse una stampella e prese a braccetto Stefano. Ora camminavamo più adagio. Respiravamo un'atmosfera magica senza pensare al futuro.

La strada era lunga e le stelle luccicavano sopra i cornicioni decorati dei palazzi. I lampioni illuminavano i boulevards e gli amici erano contenti. Sì, sono un uomo fortunato.

Arrivati in Boulevard Beaumarchais vedemmo in fondo Place de la Bastille, con la colonna di Luglio illuminata da mille fari, come un immenso smeraldo su uno sfondo di lapislazzulo. Era bellissima!

Quando entrammo nella piazza non nascondemmo il nostro stupore, rovinato solo dal traffico che ingombrava la piazza come un'immensa rotatoria. Anche la piazza attorno all'Arco di Trionfo oggi è una grande rotatoria di auto, chissà come dovevano apparire ai pedoni dei secoli passati.

G   "dov'è dov'è dov'è DOV'È" trascinando Stefano

S   "cóssa" tenedola a stento

I   "cosa cerchi per terra?"

Intanto i morosi si baciavano, beati loro.

G   "ma la BASTIGLIA!"

I   "ma è secoli che non c'è, non c'è più!"

G   "secoli! l'hanno demolita solo nel milleottocento"

S   "due secoli"

I   "ma forse di notte appare come un fantasma"

G   "ma no non capite niente zoticoni ma non le leggete le guide? c'è il segno per terra?"

S   "che?"

G   "il perimetro delle mura disegnato per terra DOBBIAMO TROVARLO"

Me lo ricorderò sempre, noi cinque a cercare per terra la Bastiglia mentre i parigini credevano avessimo perso un portafoglio. O forse erano abituati a vedere i turisti che fanno così... Greta cercava al centro della piazza dopo aver rischiato di finire sotto un'auto tre volte, io cercavo sotto i tavolini dei bar. Non ci crederete ma la bastiglia la trovò Vichi. Cacciò un fischio con due dita come non credevo fosse capace.

I   "trovata?"

A   "mia morosa trova sempre le robe migliori"

V   "è questa qui? guarda sembrano dei segni che si cosano fin sotto a questo coso"

C'erano quattro cerchi in fila, disposti in diagonale rispetto alla piazza, il quarto era sotto i tavolini del bar dove cercavo io, un po' indispettito per non essermene accorto dissi

I   "beh... sembrano proprio le torri di una fortezza"

Greta arrivava ansimando con le stampelle

G   "BRAVISSIMA VICHI è proprio questa ora cercate la torre della bertaudière"

S   "che?"

V   "guarda che non c'è mica scritto il nome"

G   "oh no sono perduta è terribile... ma nNO è la terza partendo da sinistra dietro a queste"

I   "l'altro lato?"

G   "sì ma... oh no"

I   "che triste..." l'altro lato della bastiglia era sepolto sotto ai palazzi che si affacciavano sulla piazza. Come hanno potuto demolire la bastiglia? Uno dei tanti scempi compiuti dalla storia.

G   "va beh sediamoci a questo bar stasera sono triste"

Ci sedemmo tutti al Café des Phares consci che sarebbe costato forse più della cena ma eravamo pure molto stanchi a forza di correr dietro alla maratoneta stampellata.

V   "finalmente seduti"

        I   "cosa cercavi? cioè perché cercavi quella torre?"

A   "a parigi fra i tavolini di un bar del centro, non è romantico tutto ciò tesoro?"

        G   "la torre della bertaudière è dov'era rinchiusa la maschera di ferro!" pronunciando le ultime parole a fil di voce come quando si rivela un segreto.

V   "certo amore a parte ste cose che fanno un male boia" togliendosi le scarpe

A   "massaggio alle gambe?"

        I   "la maschera di ferro?"

V   "no àssa perdare me fa mae i piè"

        S   "quea de leonardo di caprio?"

A   "in tal caso ti scrivo una poesia"

        G "MA COME SEI GREZZO la maschera di ferro IL FRATELLO GEMELLO DI LUIGI XIV!"

V   "sito anca poeta?"

A   "IO poeta... tu la POESIA!"

S   "che concetti rari"

        S   "ah oh! guarda che so tutto ho visto anch'io il film"

G "per forza, eravamo al cinema assieme"

Andavano al cinema assieme?

V "racconta un po' sta cosa"

A "amore?"

G "non la sai la storia? allora – sistemandosi sulla sedia – quando voltaire fu rinchiuso alla bastiglia nel 1717 venne a sapere che pochi anni prima c'era stato un prigioniero al quale davano tutti gli onori e i servizi e che era costretto a tenere sul viso una maschera di VELLUTO NERO pena la MORTE IMMEDIATA"

V "allora non era di ferro la cosa?"

A "niente, persa! no la me scolte pì"

S "eh... i xe chi parle de robe pì interesanti dea tò poesia"

G "nonò! era di velluto" mi misi ad ascoltare anch'io: Greta mostrava di sapere la vera storia, non quella che avevamo visto tutti nei film

G "questo tipo sembrava molto anziano e non poteva parlare mai con nessuno pena la MORTE IMMEDIATA, poteva parlare solo col confessore e SOLO in confessione, poteva togliersi la maschera solo per mangiare e OBBLIGATORIAMENTE DA SOLO, inoltre poteva tenere libri e strumenti musicali nella cella e tutti lo trattavano con il massimo onore"

V "il gemello del re?"

G "così hanno supposto alcuni scrittori, di lui non si sa nulla solo che è passato da tre prigioni prima la fortezza di pinerolo dal 1669 fino al 1681, poi in val di susa fino all' 87, poi all'isola di santa margherita fino al 98 quando venne trasferito alla bastiglia dov'è rimasto finché non è morto nel 1703. tutto quello che conteneva la sua cella fu distrutto il giorno stesso e lui è stato sepolto nel cimitero di san paolo con il nome falso di marchiali"

V   "perché un nome italiano?"

G   "bisogna vedere com'è scritto non so come si pronunci e poi l'ho visto scritto in vari modi"

V   "ma esiste ancora sta tomba?"

G   "non so ma potremmo andare a vederla"

A   "eh perché non ci andiamo subito?"

S   "dai che bello in cimitero di notte andiamoci subito"

I   "apriamo la tomba e vediamo se ha ancora la maschera"

G   "non scherzate con queste cose, quel poveretto ha passato tutta la vita in carcere senz'aver fatto niente"

A   "non sappiamo se non ha fatto niente"

V   "se era il coso del re l'hanno rinchiuso solo per difendere il trono"

A   "ma non sappiamo se lo era realmente"

G   "se lo FOSSE! ti ho fregato andrea tu correggi sempre i congiuntivi degli altri"

V   "ecco brava vedi che anche te sbagli?"rivolta al moroso

I   "torniamo a noi, esiste ancora la tomba? non hanno cremato il cadavere?"

G   "non so non sono mai riuscita a capire se la tomba c'è ancora"

S   "se ci fosse avrebbero fatto degli esami del dna per capire chi era"

V   "sì infatti"

A   "chissà chi era..."

G   "dai dobbiamo capire chi era SVELIAMO IL MISTERO"

I   "partiamo da un concetto importante" Greta si sistemò di nuovo sulla sedia divorandomi con gli occhi, era chiaro che non vedeva l'ora di fare questo discorso a Parigi sui tavolini di un bar la sera con gli amici.

Interrotti dal cameriere che voleva le ordinazioni ci sbrigammo con qualche bibita internazionale tipo caffè o cocacola. Visto che nessuno di noi sapeva il francese.

G   "cosa dicevi di importante?"

I   "ah sì... partiamo da una cosa: se volevano nascondere per sempre la sua identità ci sono riusciti"

G   "ma noi la sveleremo"

I   "non ne saremo mai sicuri"

G   "non importa"

V   "beh se gli hanno coperto il coso vuol dire che aveva un coso molto noto tanto da essere riconosciuto"

G   "quindi cadiamo di nuovo sul gemello del re che aveva la faccia su tutte le monete"

I   "povera cosa per riconoscere una persona"

S   "secondo me è impossibile riconoscere uno dall'effige su una moneta"

G   "EFFIGE senti che bene che parli stefano! non ti avevo mai sentito parlare così"

S   "perché così stupita?"

G   "oh non sono affatto stupita sapevo che nascondi qualità molto nascoste"

Lui la guardò dritto negli occhi e sorridendo disse una frase allora enigmatica

S   "no voio niente da ti"

Lei si voltò triste e riprese il discorso

G   "il viso del re è comunque uno dei più noti"

I   "forse non sapevano semplicemente quante persone lo conoscevano, forse non era francese"

G   "una delle ipotesi dice infatti un diplomatico italiano sparito proprio la data della prima incarcerazione della maschera"

I   "ah haaaaaa interessante"

G   "anzi, incarcerato nella stessa prigione lo stesso anno"

A   "state dando per scontata una cosa"

IGV   "cosa?"

A   "io ho imparato a non darla mai per scontato da quando un mio amico medico una volta preso in mano il teschio dei santi patroni ha detto: secondo me è una donna"

G   "una donna?"

V   "perché una donna?"

A   "quale modo migliore di farla sparire? vestirla da uomo e metterle una maschera per nascondere le fattezze del viso"

G   "ma poteva parlare con la guardia e il confessore"

A   "attraverso la maschera"

Andrea dimostrava di essere molto arguto a volte.

A   "hai detto che teneva strumenti musicali in cella? all'epoca era più diffuso tra le dame il suonare che non tra i gentiluomini"

I   "è vero"

G   "ma perché una donna?"

A   "perché no"

V   "scusate"

G   "e cosa avrebbe fatto?"

A   "la stessa cosa che avrebbe fatto un uomo per farsi incarcerare in quel modo"

V   "SCUXEME! CASssoooOH!"

A   "dì tesoro"

V   "una donna ha le sue cose ogni mese"

G   "ecco! impossibile nascondere il fatto ch'era una femmina alle guardie ah ah la tua idea fa schifo ERA UN UOMO"

A   "poteva essere già in menopausa hai detto tu ch'era un tipo anziano"

I   "per quanto tempo è stato incarcerato?"

G   "dal 669 al 703 trentaquattro anni"

I   "sono un po' tanti per una donna che ha già passato i quaranta, non impossibili ma improbabili"

G   "scartiamo l'idea che fosse una donna"

A   " e se non fosse colpevole?"

G   "uffaaaa non fosse colpevole in che senso?"

I   "non dargli sempre torto sta solo scardinando i nostri pregiudizi"

G   "in che senso"

A   "date per scontato troppe cose: che fosse un uomo che fosse accusato di qualcosa che fosse un viso noto"

G   "quello mi pare ovvio"

A   "non è ovvio ricordate il maxi processo antimafia?"

G   "che c'entra ero una bambina"

A   "buscetta non è stato mai MAI inquadrato da una telecamera"

I   "vero"

G   "eh e allora?"

A   "quando era in tribunale era coperto da una fila di carabinieri perché nemmeno quelli presenti in aula lo potessero vedere, perché era un testimone TROPPO prezioso"

I   "giusssto tu vuoi dire..."

A   "che fosse un testimone così prezioso da tenere sotto chiave e nascosto da tutti"

I   "e per una sorta di eccesso di sicurezza, la prudenza non è mai troppa, gli mettiamo una maschera sul viso"

G   "che idea balorda"

I   "a me sembra una buona idea"

G   "a me sembra una cagata la solita cagata di andrea"

S   "sì ma nessun processo dura 34 anni"

I   "sono un po' tanti infatti"

G   "ecco andrea smontata anche la seconda tua idea"

A   "date per scontata un'altra cosa"
G   "COSA?!"
A   "che abbia confessato"
G   "non ho capito niente"
I   "dici che..."
A   "lo abbiano tenuto in carcere finché non confessava ma lui che aveva paura di morire se lo avesse fatto, qui ci andava il congiuntivo, è rimasto prigioniero tutta la vita"
I   "potrebbe essere"
S   "ma perché non gli hanno rovinato il viso?"
G   "bleha che schifo che macabro che sei"
S   "beh a quell'epoca facevano di peggio perché tanti riguardi"
G   "ti ho detto che lo trattavano con tutti i riguardi immaginati se qualcuno gli rovinava il viso!"
I   "questo vuol dire che non era loro intenzione fargli del male"
A   "questo vuol dire che il carcere non era punitivo"
I   "era protettivo?"
A   "forse..."
G   "ora siete voi che date per scontata una cosa"
A   "cosa?"
G   "che i carcerieri sapessero chi era"
A   "chi fosse"
G   "secondo me nemmeno loro sapevano chi era taci andrea"
I   "beh questo non esclude tutto quello che abbiamo detto finora"

Era tardissimo ed eravamo appena arrivati, di solito a quest'ora eravamo già in camera a dormire ma rimanevamo là, a non so che distanza dall'albergo a chiacchierare o refilare caligo, come diceva Andrea, su un argomento che non ci portava da nessuna parte. Eppure rimanevamo là tranquilli, senza chiederci nulla né farci un programma o un orario. Era la suggestione delle vacanze e la bellezza di stare insieme.

Guardai nuovamente la piazza con le sue luci, gli alberi di smeraldo e il cielo trapuntato di stelle.

Che bello essere tra amici. Sì, fortuna che esistono gli amici! L'uomo non è fatto per esistere da solo. Non è bene l'uomo sia solo. Guardai Greta che seguitava a parlare, non distinguevo più ciò che dicevano, guardavo semplicemente il suo viso. Era bellissimo illuminato dalla sera parigina. Quegli occhi neri e profondi e quella bocca che sembrava disegnata. Potevo guardarla fino a rasentare la maleducazione ma senza trucco la notte, era troppo bella per non guardarla. Solo i capelli perdevano il loro colore rosso e diventavano di un grigio marrone quasi metallico, una sorta di castano scuro per dirla in breve. La luce del sole l'indomani le avrebbe restituito quel colore al quale lei teneva così tanto. Forse anche un po' di parrucchiera avrebbe fatto la sua parte.

V "non lasciartela sfuggire" sussurando al mio orecchio.

Ce l'aveva con me? Ma che aveva? La guardai stupito, lei cercò di farmi capire qualcosa con lo sguardo che non capii.

CAPITOLO DODICESIMO
la corte dei miracoli

Il re è nudo
(Hans Christian Andersen
"I vestiti nuovi
dell'imperatore" 1837)

Gabriel Nicolas de La Reynie, luogotente di polizia, l'uomo che non si fermava di fronte a niente venne fatto chiamare da re Luigi XIV

L   "ricordate la corte dei miracoli?"

R   "ricordo benissimo maestà"

L   "nostro padre luigi XIII ordinò di costruire una strada che attraversasse parigi"

R   "ricordo anche questo maestà"

L   "ricordate? ma avrete avuto pochi anni"

R   "se n'è parlato molto maestà"

L   "lo sapete perché voleva costruire quella strada?"

R   "per far passare le truppe"

L   "per far passare le truppe per schiacciare quei miserabili, per eliminare quelle strade strette dove persino le forze di polizia avevano il terrore di entrare"

R   "giusto maestà"

L   "e lo sapevate che i maniscalchi e i muratori che avrebbero dovuto demolire quelle case malfamate furono assassinati prima ancora di cominciare?"

R   "così si dice ancora oggi maestà"

L   "ma una cosa non sapete"

R   "attendo sua maestà"

L   "nostro padre disse COME? ESISTE UN'ALTRA CORTE IN FRANCIA OLTRE ALLA MIA!"

R   "così disse?" recitando dello stupore

L   "ora quante corti ci sono in francia?"

R   "solo la vostra sire"

L   "per merito vostro de la reynie"

R   "ho potuto agire grazie ai pieni poteri che mi avete concesso, ho usato migliaia di soldati dell'esercto, ho mandato più di sessantamila persone alle galere maestà"

L   "dopo averli saggiamente marchiati a fuoco"

R   "un eccesso di sicurezza per evitare che la corte dei miracoli un giorno si ricostituisca"

L   "non c'è pericolo rimarranno nelle galere per sempre"

Il re fece una pausa

L   "vogliamo da voi lo stesso zelo, e soprattutto gli stessi risultati"

R   "servono gli stessi mezzi maestà"

L   "e li avrete! non dubitate vi diamo pieni poteri su qualsiasi casata su qualunque funzionario, la camera ardente non deve conoscere altri padroni che noi"

R   "sarà necessario avere come dire... le chiavi di tutte le case di francia"

L   "chi può entrare in ogni casa di francia ed essere sempre il padrone?"

R   "ma voi sire"

L   "ebbene voi entrate a nome nostro laddove riterrete più opportuno"

R   "e se fosse opportuno... se fosse NECESSARIO entrare nella dimora reale?"

L   "non siamo padroni a maggior ragione nella nostra dimora?"

R   "capisco sire"

L   "ci affidiamo comunque alla vostra discrezione per bussare alle porte di queste case che dovrete in nostro nome... visitare..."

R   "capisco sire"

L   "estirpate questo ragno velenoso"

R   "velenoso è stato l'aggettivo che vostra maestà meglio non poteva scegliere"

Il re lo congedò e de La Reynie uscì. Fra sè e sè pensava: re sole! Mai nome fu più adatto per un re che doveva cedere il comando ad un'altra corte durante la notte. Se ora regna anche nell'altra metà del giorno è solo per merito mio. Ora si accorge di avere la corte piena di serpenti... Ma non sarà mai finita?

CAPITOLO TREDICESIMO
la tour me fait peur

perché mai, perché mai
è caduta l'anima
da sublimi altezze
nell'abisso più profondo?
La caduta comprende
in se stessa l'ascesa...
(Sholem An-Ski "Il
Dibbuk" 1914)

L'ambiente era buio e umido. Sentivo gocciolare ogni tanto intorno a me. Tenevo qualcosa in mano, cos'era? Mi ci aggrappavo quasi dovesse difendermi, era forse un'arma? Una pistola come nei film? I miei amici erano vicino a me. Avanzavamo in silenzio. L'oscurità ci circondava.

I   "in quanti siamo?"
G   "in cinque"
I   "hai contato anche te stessa?"
G   "no..." a bassissima voce
I   "c'è uno in più"

mi svegliai.
Una paura addosso esagerata per il sogno così fatto mi attanagliava come un vestito stretto. Ma che diavolo avrò mai sognato? Eppure non mi passa. Greta è di là con Vichi, chissà non diventino amiche, mmm... impossibile, quando si smette di esserlo non si torna indietro. Sta albeggiando, gli altri dormono. Mi metto con le spalle al materasso, tra poco passa. Sì adesso non ho più paura. Che mai avrò? E poi... penso proprio che non potrò mai

più aver paura sul serio dopo quello ch'è successo l'anno scorso.

Lo avevo appena pensato che un brivido mi percorse la spina dorsale. Meglio non pensare nemmeno a certe cose. Adesso mi riaddormento un'altra volta. O forse no chissà.

G   "oggi si va a vedere il louvre!" mentre ingurgitava un cucchiaio di croccantini che un momento prima galleggiavano nel latte

S   "se lo dici tu"

I   "questa vacanza ormai l'hai organizzata tu noi ci fidiamo"

G   "oh! sto facendo la prepotente?"

I   "ma no non ti preoccupare va bene va bene così"

G   "oh no ho rovinato tutto"

S   "come al solito"

G   "OH NO non dire così stefano!"

I   "stefano scherzava vero?"

S   "sì dai il louvre è una meta obbligata"

I   "solo penso dovrebbero vendere dei biglietti parziali, oggi vedo la sezione egizia e pago il biglietto per quella domani pago il biglietto per un'altra"

A   "sì infatti così com'è ci passi dentro una giornata senza gustarti bene tutto, ne esci che sei ubriaco"

S   "ma va là si entra e con un biglietto puoi vedere tutto, come faresti a tenere diviso sarebbe troppo complicato, ma tu come fai a mangiare formaggio al mattino?"

I   "me lo chiedi ogni anno è buonissimo"

G   "il bello è che dopo ci aggiunge pure una fetta di dolce" rovistando con il cucchiaio il fondo della tazza alla ricerca di chissà quali tesori.

I   "questo lo fai pure tu"

G   "ma io sono una golosona e poi qua le brioches sono salate!"

S   "oh ma! persino al ristorante il pane è solo e solamente baguette! non conoscono altro"

A   "in compenso conoscono le brioches salate"

I   "in italia ogni panificio ha una varietà di pani differenti"

Insomma fatto sta che al Louvre la coda era così lunga che...

Sentivo la Tour Eiffel dondolare sotto di me. Greta non aveva voluto salire non appena le avevamo ricordato che anche la riproduzione di Praga dondolava.

Sarà pure un'opera d'ingegneria formidabile ma a me sembra un traliccio di dubbio gusto nel centro di un'antica città. Senza contare la coda interminabile per salire. Non sapevo che saremmo diventati come tutti gli altri turisti che hanno le visite obbligate da consuetudini diffuse. Parigi mi dava l'idea di essere diventato un turista commerciale. Perché ci sono salito allora? Perché da lassù si gode il più bel panorama di Parigi: l'unico punto da cui non si vede la Tour!

L   "bellissimo panorama vero?"

Mi voltai verso di lei, ma chi era?

L   "italiano vero? lo immaginavo anche tu a parigi?"

Era molto bella, continuava a parlare guardando l'orizzonte davanti a noi. Il suo profilo era nobile e tagliente. La sua bocca perfetta. Il mento delicatissimo, il collo bianco, la spalla nuda.

L   "dev'essere un bel salto da quassù! dici che uno si sfracella? che farà in tempo a rendersi conto di cadere?"

M   "è difficile respirare mentre si cade, ma non credo che si avrebbe il tempo di soffocare"

e questo da dove arrivava?

L   "che vuol dire?"

M   "che si morirebbe sfracellati comunque"

Un signore anziano, alla mia sinistra. Tipico vecchietto dei film, panciotto e bastone. Mi aspettavo tirasse fuori un orologio a cipolla da un mometo all'altro.

L   "ma secondo lei un uomo si rende conto di cadere? di precipitare? o sente solo l'ebrezza del volo senza vedere che il fondo si avvicina"

M   "è probabile che uno si renda conto solo un secondo prima del disastro di dove lo hanno portato i suoi voli"

L   "disastro? e cos'è più disastroso? cadere pensando di volare? o accorgersi della realtà?"

M   "accorgersi non ha nulla di negativo, solo che nel nostro frangente lo si fa troppo tardi"

L   "nel frangente di cui parliamo già quando si spicca il volo è troppo tardi, anzi... un attimo prima di spiccare il volo è troppo tardi! eppure... che gesto!"

I   "cosa ci sarebbe di bello in questo gesto?"

L   "un modo per vivere"

I   "buttarsi?"

L   "vivere il paesaggio fino in fondo anziché fermarsi nella sua contemplazione, come entrare in un quadro e caderne dentro, ora tu hai un quadro di fronte che non puoi toccare che non puoi vivere"

I   "mi accontento di contemplarlo così"

M   "le do perfettamente ragione"

I   "il mondo che abbiamo di fronte è già molto bello senza buttarci dentro"

L   "il creato è bello... il mondo un po' meno"

M   "distingua meglio le due cose"

L   "il creato era perfetto?"

M   "perché ERA?"

L   "così com'era stato creato senza modifiche, era forse perfetto?"

I   "la tradizione vuole che il giardino dell'eden fosse meraviglioso"

L   "ma il creato è perfetto anche con il peccato? perché anch'esso è stato creato non lo dimentichiamo"

M   "il peccato viene sempre dall'egoismo"

L   "e chi ha creato l'egoismo?"

M   "direi di meglio: il peccato è ciò che spiace a Dio"

L   "e cosa spiace a lui?"

M   "allora arrivo alla conclusione che il peccato è ciò che umilia l'Uomo"

L   "e chi ha creato l'uomo egoista? il creato signori era perfetto se l'uomo era fallibile? se l'uomo, la gloria del creato stesso e la gloria di LUI, è stato creato fallibile. tanto fallibile che la sua superbia lo porta a voler sostituire il creatore stesso"

M   "e se questa brama di sostituirsi a Dio non fosse altro che la sete di essere come lui, di essere migliore e più vicino alla perfezione. ecco che il suo peccato di superbia non è più tale ma è la semplice e legittima voglia di migliorare se stessi"

L   "così che lui avrebbe creato un essere imperfetto e incompleto che anela alla perfezione senza mai riuscirci e nel tentativo compie atti disumani. lei vorrebbe dirmi che guerre e olocausto non sono altro che il goffo tentativo di somigliare a qualcosa di migliore?"

M   "forse il creato non è come lo vede lei: non è una cosa compiuta e statica ma è ancora in divenire, sì la creazione è ancora in atto e tende alla perfezione, sempre e comunque nonostante tutto tende alla perfezione, e ogni qual volta l'uomo, che ricordiamolo è libero di scegliere il bene e il male, ogni qual volta sceglie il bene fa un passo verso la prefezione"

L   "e ogni qual volta sceglie il male? fa un passo verso la dannazione?"

M   "o forse è un goffo tentativo di somigliare a Dio"

L   "ma l'uomo si rende conto della scelta?"

M   "solo un momento prima del disastro"

L   "il disastro è un momento prima della decisione"

M   "oh no... in questo caso vi è sempre il tempo di scegliere il bene"

L   "se così fosse anche al maligno verrà chiesto di rivedere le sue scelte prima della fine"

M   "sì... anche il maligno ha facoltà di scegliere tra il bene e il male"

La donna si sporse per meglio guardare giù

L   "chi di noi tre sceglierà di saltare giù"

Mi venne spontaneo guardare nel vuoto e immaginare di cadere. Qual è la cosa giusta? La perfezione è forse qualcosa in divenire? La perfezione è trasformazione?

I   "perché qualcuno dovrebbe saltare?"

Il vecchietto si avvicinò e si mise tra me e la donna

M   "PACE PACE, pace agli uomini di buona volontà"

Lei si voltò, aveva gli occhi verdi e taglienti.

L   "non metterti tra lui e *me*"

M   "hora apta non est"

L   "tempus enim prope est"

Poi guardando verso di me.

L   "a presto"

I   "ancora tu?"

L   "che credevi? che ti avrei dato tutti questi regni se ti fossi prostato ad adorarmi?"

Mi carezzò una guancia come ad un bambino, sorridendo con quei suoi denti bianchissimi. La guardai bellissima scivolare tra la folla. La sua lunga gonna bianca svanì tra la gente. Colui che vuole costantemente il male e opera costantemente il bene.

Il vecchietto non c'era più.

Sancte Michaël Archangele,
defende nos in proelio;
contra nequitiam et insidias diaboli esto praesidium.
Imperet illi Deus,
supplices deprecamur: tuque,
Princeps militiae caelestis,
Satanam aliosque spiritus malignos,
qui ad perditionem animarum pervagantur in mundo,
divina virtute in infernum detrude.
Amen

Continuai a guardarmi attorno. Eppure non mi sono risvegliato. Non era un sogno. Esisteva davvero e veniva da me. O ero ancora pazzo? Sentivo la tour dondolare assieme al mondo spinta dal vento. O era un'impressione? Scesi da Greta.

G   "già fatte le foto?"
I   "stavolta no"
G   "OH! come mai? proprio tu?"
I   "anche tu oggi non mi sembri al meglio"

Era vestita come una vamp. Maglietta nera attillatissima, pantaloni neri e scarpe con tacco vertiginoso. Trucco più pesante del solito ingrandiva gli occhi già espressivi e rossetto rosso fuoco. Tutto questo per ingelosire Vichi o per nascondere le stampelle?

Sorrise amaramente

G   "te ne sei accorto vero? a te non posso nascondere nulla oggi va così non farci caso"
I   "se sei triste ci faccio caso eccome"

Mi diede una stampella e mi prese a braccetto. Molti maschi passando la guardavano. Qualche ragazzino faceva qualche commento, non occorreva sapere il francese per capire di che tipo.

I   "tutti gli sguardi sono per te" sorridendo

G   "tutti quelli che non contano"

Ho detto la cosa sbagliata.

I   "io non conto?" sorridendo ancora

Sorrise pure lei e poggiò la testa sotto la mia spalla.

G   "oggi non farmi foto"

Come? proprio oggi che ti sei parata così?

I   "promesso, niente foto"

G   "non è necessario ricordare le brutte giornate"

I   "ma farò tutto il possibile perché sia una giornata migliore, e magari prima di sera mi chiederai una foto"

G   "tu sei tanto caro, tu mi capisci" e mi stringeva

In realtà non avevo capito niente, ma ero riuscito a farla sorridere e farla sentire bene. Mi tenne a braccetto tutto il giorno. Io le feci dimenticare la tristezza, lei mi fece dimenticare la donna in bianco.

CAPITOLO QUATTORDICESIMO
le due lettere

La steganografia è una tecnica di crittografia dove un testo apparente nasconde in realtà al suo interno un secondo testo nascosto. Famoso trattato sull'argomento è lo Steganographia di Giovanni Tritemio che si prefiggeva di insegnare l'uso di scritture magiche. L'autore tentò di distruggere l'opera dopo averla pubblicata accusando che non avrebbe mai dovuto vedere le luce.

STEGANOGRAPHIA:
Hoc est:

ARS PER OC-
CVLTAM SCRI-
PTVRAM ANIMI SVI VO-
LVNTATEM ABSENTIBVS
aperiendi certa;
AVTHORE
REVERENDISSIMO ET CLARISSIMO VIRO,
JOANNE TRITHEMIO, Abbate Spanheimensi, &
Magiæ Naturalis Magistro per-
fectissimo.
PRÆFIXA EST HVIC OPERI SVA CLAVIS, SEV
vera introductio ab ipso Authore concinnata;
HACTENVS QVIDEM A MVLTIS MVLTVM DE-
siderata, sed à paucissimis visa:
Nunc vero in gratiam secretioris Philosophiæ Studiosorum
publici iuris facta.
Cum Priuilegio & consensu Superiorum.

FRANCOFVRTI,
Ex Officina Typographica IOANNIS SAVRII, Sumptibus
IOANNIS BERNERI.
Anno M. DC. VIII.

De La Reynie si fece ricevere dal giovane re, occupato tra le sue carte, o fintamente immerso in esse per perdere poco tempo col luogotenente di polizia.

R   "maestà"

Sua meastà attese un po' prima di sollevare lo sguardo. Poi lo riabbassò subito e cercando tra le sue carte disse

L   "de la reynie! in cosa la nostra maestà può servirvi?"

R   "ho estrema necessità - si usava dire così per giustificare l'intrusione – di un vostro permesso per visitare un prigionierooo... come dire!... speciale"

L   "voi avete già l'autorità di visitare qualsiasi cella in questo regno, fosse anche la più segreta" immergendosi in un foglio che il giovane re nella fretta non s'era accorto essere bianco.

R   "sì ma... questa cella credo avrà bisogno di un vostro autografo per essere violata dalla mia persona"

E de La Reynie si disse soddisfatto per come aveva costruito la frase e l'intero discorso.

Luigi sbuffò un attimo cercando un foglio bianco dove scrivere, poi accortosi d'averlo in mano intinse la penna e vergò:

"il latore della presente ha il mio permesso di far visita al prigioniero che intenderà visitare"

Firmò, fece colare la ceralacca e timbrò con sigillo reale. Lo porse al suo luogotenente guardandolo negli occhi.

L   "può andare de la reynie"

R   "grazie maestà"

Quando de La Reynie raggiunse la porta

L   "ah de la reynie!"

R   "sì maestà?"

L   "l'avviso che la nostra firma si può anche falsificare"

R   "cosa intendete dire maestà?"

L   "e pure il sigillo... intendiamo dire che di saint mars non le lascerà mai vedere eustache dauger con quel pezzo di carta"

De La Reynie rimase di stucco, la bocca aperta non riusciva né a proferir parola né a formulare un pensiero che fosse coerente.

L   "venite qui de la reynie"

Luigi prese un altro pezzo di carta e vergò queste altre parole

"Parigi 11 marzo 1679
al governatore della fortezza di Pinerolo Bénigne Dauvergne de Saint-Mars
il luogotenente di polizia Gabriel Nicolas de La Reynie ha il mio permesso di far visita al prigioniero incarcerato sotto il nome di Eustache Dauger nella sua cella.

firmato Secrétaire d'État français à la Guerre François Michel Le Tellier, marquis de Louvois"

Poi si voltò e alzatosi si mise di fronte ad una credenza riccamente decorata. Sembrò cercare nella memoria qualcosa poi pigiò col dito su un fiore di madreperla intarsiato e si aprì un cassetto segreto. Da lì il re tirò fuori una serie di timbri, ne scelse uno e sigillò con esso la lettera.

Poi si rimise a scrivere la prima scartoffia che aveva sotto al naso.

De La Reynie rimaneva con le due lettere in mano e la bocca aperta senza fare un movimento.

Il re fece un evidente gesto con la mano senza lasciare la penna e senza alzare gli occhi. De La Reynie se ne andò.

Rimasto solo Luigi smise di scrivere. Sì... è giusto che qualcuno scavi in questa storia. Diede un profondo respiro e si rimise al lavoro.

CAPITOLO QUINDICESIMO
le occasioni che offre Parigi

> il regno dei cieli è simile a
> un mercante che va in
> cerca di perle preziose;
> trovata una perla di
> grande valore, va, vende
> tutti i suoi averi e la
> compra
> (Matteo 13:45-46)

Al pomeriggio andammo per negozi, in altre occasioni l'avrei ritenuta la cosa più noiosa del mondo. Non ho detto souvenir o mercatini, ma negozi. Negozi di vestiti. Eh sì, Parigi per una ragazza è anche questo.

Greta non mi lasciava mai e mi domandava qualsiasi vestito come le stesse. Per evitare le coda entrò nel camerino con 10 abiti monopolizzandolo per sé. Le feci una foto per ogni abito. Poi lei mi guardò triste come per dire: no, così non funziona, guardandole non penserò ai vestiti e alle commesse che ho fatto impazzire. Non farmene più. Va bene non te ne faccio più, divertiamoci e basta.

Vichi non era da meno, e Andrea era la sua ombra obbediente. Stefano faceva l'assente, ogni tanto aspettando fuori del negozio nostro ogni tanto del loro. Finché mi disse

S   "vado a sedermi da qualche parte, ci vediamo in albergo"

I   "no ma dai non staremo qua tutto il giorno"

S   "dici? hai buone speranze! ciao a stasera se tutto va bene"

I   "a stasera"

S   "a domani mattina" sorridendo dietro la spalla mentre si incamminava

G   "vieni VIENI guarda questa vetrina, lascialo andare quello là non capisce niente"

Greta e Vichi parlarono fra loro più del solito. Pace fatta? No... solo una tregua. Per dirsi dove avevano preso questo o quest'altro. Greta comprò in tutti i negozi dov'era entrata Vichi più altri cento, riuscendo a farla innervosire. Alla fine eravamo carichi di borse sue. La maggior parte di quella roba non l'avrebbe mai usata ma per lei era lo stesso. Una donna in carenza d'affetto in giro per Parigi non può esimersi dal comprare un sacco di robe inutili e costose. Noi uomini non avevamo comprato nulla.

G   "perché voi uomini non capite le occasioni"

A   "eh già è proprio un'occasione!"

G   "ma no non capisci niente, vichi insegnagli, non occasione perché costa poco ma perché l'hai PRESO A PARIGI"

V   "oh ma che bello ma dove l'hai comprato?"

G   "a parigi cara"

V   "oh sì in quel negozio che fa angolo con quel boulevard?"

G   "sì proprio quello"

V   "oh lo conosco ci ho comprato un sacco di roba"

E lì che ridevano assieme mentre io e Andrea ci guardavamo con le mani piene dei loro acquisti.

La rivalità tra Greta e Vichi e l'astio di Greta verso l'altra non nacque solo quel giorno fatidico prima di partire. Seppi solo molto dopo la verità.

Greta aveva cercato di riallacciare i rapporti, un po' per la bontà d'animo che la distingueva, un po' per curiosità.

G "perché sei assieme ad andrea cioè volevo dire cosa ci trovi in lui, cosa ti piace di andrea?"

V "guarda... a volte andrea potrà sembrare coso perché... strambo lo è per davvero a volte mi chiedo da dove gli vengono certe idee, ma a parte questo che lo può rendere pure coso... e po' a xe cesotto e te sè anca ti che... un giorno dopo che avevo cantato mentre ero attorniata dai soliti fighetti che mi ronzano attorno come 'na nuvola di mosconi e dicono le solite cazzate lui se ne stava come al solito in disparte in attesa di venirmi a fare i complimenti come un gentiluomo, perché quando si apre un varco in mezzo a tutti quei còsi lui arriva ti stringe la mano e con fare gentile ti dice complimenti come un principe e se ne va, beh allora una sera mi son detta: in mezzo a tutta sta mandria di culattoni fighetti con i capelli carichi di gel se entrasse una tigre nel locale l'unico che si mette tra me e la tigre per difendermi è andrea, gli altri se metaria a corare co' tute le gambe che i g'ha!"

In quel momento Greta si accorse di non aver mai guardato Andrea da quel punto di vista. Per lei era sempre stato presente nel nostro gruppetto senza emergere mai, Flavio le faceva l'eterna corte, io ero il suo confessore, con Stefano poteva litigare quanto voleva ma con Andrea non c'era mai stato troppo dialogo. Ora che lo perdeva si accorgeva di cosa aveva avuto davanti agli occhi in tutti questi anni.

Anche se l'aveva sempre ritenuto un semplice amico, l'ultima arrivata era entrata nel suo harem e glielo aveva portato via.

Non c'è nulla di peggio che portare via un uomo ad una donna che l'aveva ignorato fino a quel momento, facendole notare che aveva avuto sotto gli occhi una cosa preziosa. Tu sei colpevole d'avergliela rubata, tu sei colpevole se lei non si era mai accorta del suo valore.

Da allora furono nemiche per sempre.

Come aveva predetto Stefano si era fatta sera.

I   "andiamo in albergo a depositare tutta la vostra roba recuperiamo stefano e andiamo a mangiare?"

G   "chissà dove s'è ficcato quello scemo, se lo troviamo bon altrimenti peggio per lui"

A   "che acida, dai chiamiamolo al cellulare così ci facciamo trovare per mangiare"

G   "chiamalo tu io non ho voglia"

Fortunatamente Stefano era in albergo, forse sapeva che prima di cenare saremmo passati di lì.

S   "com'è andata? è rimasto qualcosa da comprare a parigi?"

G   "non è rimasto proprio niente per te"

S   "beh tanto non ho bisogno di niente"

G   "voi uomini non sapete cogliere le occasioni al volo, occasioni che poi NON SI RIPETONO PIÚ PER TUTTA LA VITA" e sparì in camera.

Io speravo che si sarebbe messa un vestito appena comprato, sarei stato disposto ad aspettare più del solito. Che comunque era un bel po'. Invece lei uscì subito, vestita con jeans e maglietta. Struccata completamente e i capelli legati da un elastico anonimo.

Mi prese per braccio guardando Stefano e si incamminò.

A   "dobbiamo aspettare vichi"

G   "ah già"

La guardai di sottecchi, lei mi guardò come per dire lascia stare.

I   "speravo avresti messo uno di quei vestiti con lo spacco"

G   "massì – arricciava i capelli annoiata – ho pensato che era meglio così tanto ci siete solo voi, OH SCUSA!" mettendo la manina davanti la bocca

I   "grazie della considerazione"

G   "scuusami" con gli occhioni grandi

I   "l'importante è che tu sorrida" e sorrideva per davvero

G   "ora puoi farmi tutte le foto che vuoi"

I   "se sorridi così sei più bella che con qualsiasi vestito"

Stava per dire qualcosa quando scese Vichi. Pure lei vestita come tutti i giorni.

A   "non hai messo nulla della spesa?"

V   "ma non è l'occasione cosa, siamo tra noi"

A   "...appunto..."

V   "l'intimo sexy che ho preso lo metto quando siamo da soli ok?"

A   "va bene amore"

G   "fanno cariare i denti" sottovoce solo per me

I   "si divertono, meglio così che vederli borbottare"

G   "l'intimo lo metto quando siamo da soli..."

I   "se lo toglierÀ semmai"

G   "ma! oh ma! da te non me l'aspettavo"

I   "era così per dire qualcosa di stupido"

G   "sei un maniaco anzi sei come stefano!"

In quel momento era l'offesa peggiore che mi potesse arrivare da lei, ma l'aveva detta abbastanza forte che Stefano potesse sentire, quindi era più rivolta a lui che a me. Ci incamminammo a braccetto.

Andrea in albergo aveva preso un biglietto da visita di un ristorante, innamorati della foto del locale ci dirigemmo per di là. Per me quella sera qualsiasi posto sarebbe stato bellissimo.

Non era male e si mangiava molto bene. Mi spiace dirlo ma i vini francesi non hanno nulla da invidiare ai nostri. La cucina è invece proprio come dicono: fin troppo sofisticata. Io sono di gusti più semplici, se prendo della carne e la riempio di salse e spezie non sa più di carne. Ma è questa la differenza tra la cucina italiana e quella francese. E poi era la prima volta che non mangiavamo kasher: con Flavio ebreo praticante avevamo bazzicato tutti i ristonati kasher d'Europa. In parole povere avevamo mangiato sempre la stessa roba in ogni paese. Questa era la prima volta che ci immergevamo a 360 gradi nell'atmosfera di un posto.

Il rovescio della medaglia è che vorresti assaggiare di tutto. E Greta doveva pure viziarsi un po' di più quel giorno.

G   "oh basta non ce la faccio più mi viene da vomitare"

A   "lo dici sempre"

G   "ma questa volta mi viene per davvero"

A   "pure questo lo dici sempre"

I   "dai che adesso dobbiamo trovare un buchino per il dolce"

G   "no no scoppio"

AI   "niente dolce?"

Non era mai successo che Greta rinunciasse al dolce

G   "sul serio non ce la faccio vomito"

I   "ok ti credo" dovevo esserle di sostegno quella sera e anche per una cosa futile non volevo contraddirla

G   "per favore non prendete nemmeno voi il dolce"

A   "eh?"

Vichi la guardò stupita. Non che lei volesse prenderlo, la dieta..., ma le dava forse fastidio che l'altra potesse comandarci a quel modo.

G   "sì se lo prendete lo prenderò sicuramente anch'io e vomiterò tutto oh no sto per morire"

I "ve bene non lo prendiamo pure noi abbiamo mangiato un sacco"

A "va bene dai non lo prendiamo" poi si voltò e vide lo sguardo di sua morosa

A "beh tu amore puoi prenderlo"

V "no grazie non lo prendo" seria e offesa

Eh già, Vichi non prendeva mai il dolce, mangiava sempre pochissimo e ora era arrabbiata con Andrea per essersi abbuffato ogni volta che avevano mangiato assieme. La gelosia di una donna può avere risvolti incomprensibili ad un uomo. Ma non avevo tempo per pensare alla morosa di Andrea. Quella sera dovevo pensare a Greta.

Ci incamminammo fuori del locale. Lei sempre a braccetto con me.

G "domani andiamo a mont saint michel"

A "non stavi per vomitare?"

G "oh non dire quella parola che non sono ancora fuori pericolo"

A "vabeh domani ci porti tu se sai la strada come al solito"

I "ma c'è anche a pari... hai detto MONT saint michel?"

G "esatto vedo che TU sei istruito"

I "ma quanto dista?"

A "non è a parigi?"

G "no"

S "dove ci porti?"

G "sta zitto tu è un posto bellissimo e dista solo tre ore di macchina da qui"

A "tre ore? ma fanno sei andata e ritorno"

G "beh siete in tanti a poter guidare"

S "notare il SIETE"

G "non ce l'avevo con te"

I "beh si può fare, si va al mattino e si torna la sera"

A "MONT SAINT MICHEL! ora ho capito"

G "era ora"

A "è quella cittadella su un colle sulla baia che va a fondo con l'alta marea?"

V "dai! quello là?"

Stranamente Vichi era incuriosita, se convincevamo lei il gioco era fatto.

A "sì quello famosissimo, è bellissimo amore è un'occasione averlo qua vicino"

V "va bene se è per me sono d'accordo"

G "ok abbiamo deciso, siamo TUTTI d'accordo"

sorridendo col nasino all'insù guardava Stefano.

CAPITOLO SEDICESIMO
la chiave

> Sono il mostro che
> si cela sotto la
> maschera del
> mostro
> (Dylan Dog
> "Delirium" 1991)

Il viaggio da Parigi a Pinerolo non fu breve, prima la pianura francese sempre uguale poi le alpi dove la carrozza a volte avanzava veramente a stento. Infine ecco la fortezza prigione di massima sicurezza, dove stavano chiusi in cassaforte i rei particolari, come l'ex intendente alle finanze Fouquet. De La Reynie si fece ricevere direttamente dal governatore Bénigne Dauvergne de Saint-Mars.

SM   "per vedere il marchese fouquet serve un permesso non posso lasciare..." de La Reynie porse la lettera con il sigillo reale

SM   "ah beh... in questo caso – osservando attentamente le strane parole e ancor più il sigillo del re – credo che non servano altre formalità vi accompagno personalmente"

R   "non si preoccupi basterà una delle vostre guardie"

SM   "vista la particolarità del prigioniero e del vostro permesso è meglio se vi accompagno io"

Il governatore si fece strada tra le varie porte sbarrate, le garitte e le inferriate. Ad un suo cenno tutte le serrature venivano fatte scattare. Infine arrivarono ad una porta di metallo con due guardie a lato.

SM   "aprite, ho un permesso del re"

Venne subito aperto e de La Reynie entrò.

Nicolas Fouquet era immerso nella contemplazione del panorama alla finestra. De La Reynie pensò: se non si è voltato con tutto questo sferragliare di chiavi e serrature vuol dire ch'è abituato ad avere visite.

R   "marchese!"

F   "oh – voltandosi – ma... DE LA REYNIE! quale... quale..." indicando una sedia

R   "oh non vi preoccupate dopo di voi"

Dopo che entrambi si furono seduti e si furono scambiati i saluti di rito iniziò la vera conversazione. Nicolas Fouquet, l'ex-molte cariche e l'ex di molte amanti era ancora un personaggio affascinante che sapeva rendersi simpatico anche ad un uomo. Aveva quel modo di fare che lo rendeva subito ben accetto. La sua presenza rendeva quella cella una dimora quasi accogliente. De La Reynie invece continuava a mantere il discorso nelle formalità.

R   "come la trattano qui"

F   "oh non mi posso certo lamentare, ormai anche la mia età richiede un po' di riposo e quindi non sento la mancanza di viaggi certooo... il luogo è quello che èee ma il vecchio di Saint Mars a volte sa pure rendersi simpatico e riesce anche a dire qualcosa di intelligente se s'impegna un po'"

R   "ma chi può vederla è adeguatamente istruito oo..."

F   "oh! ma ho il mio valletto del quale non posso certo lamentarmi"

R   "chi? la rivière?"

F   "oh ma voi sapete tutto – allargando le braccia – sì sì proprio lui"

R   "ma ho saputo che spesso è malato"

F   "sì quest'aria malsana delle celle fa ammalare la povera gente innocente"

De La Reynie non riusciva a far dire al marchese quello che voleva sapere, ma non voleva nemmeno scoprirsi, allora alzò il capo e guardandolo dritto negli occhi tacque e continuò a non dire niente finché il suo compagno non fu costretto a dire qualcosa

F   "sì – annuendo – c'è dauger della cella accanto che mi fa da valletto quando la rivière non può... è bravo non c'è che dire anche se non è avvezzo a far da servitore ma che vuole fare siamo pur sempre in un carcere"

R   "è ancora lui quindi" sparandola a caso

F   "sì sì è sempre lui il ministro ha detto che ormai visto che aveva cominciato..."

E tu come fai a sapere che il ministro della guerra ha prima ripreso di Saint Mars per aver fatto uscire di cella Dauger e poi ha dato il permesso visto che ormai il guaio era fatto?

R   "sta bene, insomma vedo che tutto sommato..."

F   "oh tutto sommato non posso dire di stare male"

R   "avete qualche richiestaa... qualcosa?"

F   "oh nessuna!" ma Nicolas Fouquet avrebbe potuto aver bisogno di mille cose senza mai chiederle per le vie ufficiali.

R   "quindi la lascio alla sua villeggiatura forzata e non la disturbo oltre"

F   "oh ha il mio congedo"

R   "eh eh - facendo un inchino – la cella di un marchese è pur sempre un marchesato"

F   "direi che una cella è sempre un piccolo regno"

R   "faccia finta che il mondo si sia messo le sbarre da solo"

F   "come! non era forse così?"

e risero insieme. Poi Fouquet quasi fosse il padrone chiamò le guardie e fece aprire la porta della cella e salutò de La Reynie come se lo salutasse dal suo castello dopo aver fatto aprire dalla servitù.

Fuori il governatore aspettava ancora.

R   "fouquet non si smentisce mai"

SM   "ah è rimasto l'uomo di mondo qual era a volte mi sembra di parlare con il padrone qua dentro anziché con un prigioniero e che di gente nobile qua ce n'é quasi quanta a corte"

R   "si riferisce a lauzun?"

SM   "il duca lauzun appunto è nella cella accanto a fouquet"

Quindi o Fouquet mi ha mentito dicendomi che Dauger è nella cella a fianco o nemmeno lui sa chi veramente è suo vicino di cella"

R   "e che mi dice di eustache dauger?"

SM   "eh cosa?"

R   "di saint mars... sappiamo entrambi di chi stiamo parlando. vorrei fare una visita proprio a quel prigioniero se consente"

SM   "non so proprio di chi state parlando qui non abbiamo..."

R   "vi ricordo che ho un permesso del re"

SM   "potete guardare in tutte le celle che vorrete prego si accomodi"

il re diceva quindi il vero, questo lestofante non mi lascerà vedere Dauger, dovessi frugare in tutte le celle di questa fortezza.

R   "ho capito governatore" e trasse fuori la lettera firmata dal re falsificando quella del ministro della guerra Louvois.

Di Sain Mars la prese sbuffando

SM   "non vedo perché questa lettera dovrebbe darle maggiori... - sgranò gli occhi – ah... beh... in questo caso" annuì guardando attentamente de La Reynie. Poi aggiunse

SM   "farò comunque un controllo"

R   "fate pure, intanto vogliate accompagnarmi visto che penso mi accompagnerete voi personalmente"

SM   "certamente seguitemi"

Di Saint Mars si fece strada per molti corridoi e scale. De La Reynie capì subito che in quel labirinto sarebbe stato un gioco da ragazzi far vedere ad un visitatore inesperto le stesse celle dieci volte senza che se ne accorgesse. Al fine arrivarono a una porta in metallo con due guardie.

SM   "qui dovete darmi la vostra spada"

Vuole difendere me o il prigioniero?

De La Reynie non fece domande e presentò la propria spada. Allo stesso tempo pensò al pugnale che teneva sotto la giacca. Non capiva chi fosse in pericolo. Venne aperta la porta, seguì un lungo corridoio senza finestre. In fondo un'altra porta con una guardia. Venne aperta, dietro ce n'era un'altra.

Doppie porte... perché? Non vogliono che nessuno lo senta? Per forza Louvois si era adirato quando un prigioniero così sotto stretta sorveglianza era stato lasciato uscire per far da valletto a Fouquet. Di Saint Mars non sa chi sta custodendo.

D   "ancora? ma non sa mettersi i pantaloni da solo? oh scusate"

E adesso abbiamo capito che ti lasciano uscire solo per andare da Fouquet.

R   "buongiorno"

D   "accomodatevi nella mia umile cella"

Non hai i modi educati di Fouquet, inutile che ti atteggi.

R   "come vi trovate qui dauger? potete andare di saint mars non ho bisogno di altro GRAZIE"

Di Saint Mars col viso serio chiuse lentamente la porta.

SM   "sarò qui fuori se fosse necessariooo..." muovendo la mano nell'aria

R   "non sarà necessario e... chiudete la porta esterna io chiuderò l'interna"

SM   "come credete"

Così non udranno quello che diremo

D   "come vedete mi tengono in cassaforte"

La cella era buia e l'unica finestra piccolissima. Il prigioniero sembrava un uomo tranquillo sui quarant'anni e per nulla pazzo, come invece aveva sospettato de La Reynie.

D   "a cosa devo la vostra visita monsieur..."

R   "dauger voi sapete perché siete qui?"

D   "ditemelo voi"

È furbo! Non devo fargli capire che non so nulla.

R   "se non lo sapete è meglio che continuiate a non saperlo"

D   "ah se lo dite voi allora che abbiamo da dirci?"

R   "io ho dei nomi da dirle"

D   "sentiamo"

R   "de brinvilliers"

...

R   "marie bosse"

...

R   "magdelaine de la grange"

ci fu un lievissimo movimento da parte di Dauger.

R   "catherine deshayes montvoisin... ma forse voi la conoscete come LA VOISIN"

Dauger fu sensibilmente a disagio

R   "ora passiamo agli altri... mancini! soissons! lussemburgo! montespan"

D   "montes..." e si morse le labbra

R   "ora è troppo tardi per frenare la lingua"

si guardarono negli occhi

R "avrei un altro nome"

Dauger non riusciva più a nascondere il disagio, erano pochi i nomi che potevano dirsi più alto di quello dell'amante ufficiale del re.

R "ma ho bisogno di una conferma"

D "e la cercate qui" sorridendo rilassato

Ho sbagliato. Devo recuperare.

R "non sono nel posto giusto?"

D "non so di cosa state parlando"

Devo giocarmi il tutto per tutto

R "lo sai cosa rischi se esci di qui?"

Dauger cambiò espressione, per un attimo si lesse il terrore nei suoi occhi.

Terrore della pena capitale o della libertà? Ho una possibilità su due, che faccio? rischio? rischio!

R "posso farti scarcerare se non mi dici quello che ti chiedo"

D "che nome volete? NON MANCA NESSUNO!" indovinato! Sei quindi qui per rimanere al sicuro!

Si gettò di fronte a lui, con le mani sui braccioli e il volto vicinissimo al suo

R "perché ho l'impressione che di nomi ne manchi più d'uno eh? perché?"

D "quiesti sono affari vostri io sono qui perché mi ci ha mandato la mia famiglia!"

R "la tua famiglia ti ha rinchiuso a san lazzaro perché diavolo credi che ti abbiano portato qui?"

D "NON LO NOMINI QUI!" fuggendo dalla sedia

De La Reynie lo guardò stupito

R "credi basti dire una messa nera per finire qui?"

D "non lo so non so niente"

R "chi ti ammazza se ti faccio uscire?"

Dauger andava avanti e indietro mordendosi le dita, sudava come un malato e lanciava sguardi terrorizzati tutt'attorno.

R   "ho due modi per scoprirlo... o me lo dici tu... o ti sbatto fuori e ti faccio pedinare finché prendo chi ti ammazza come un cane"

D   "mi ammazzeranno qui con chi credi d'avere a che fare? con chi?"

R   "dimmelo tu"

D   "non sono i quattro pitocchi della corte dei miracòli, ti ho riconosciuto appena hai messo piede qui"

R   "sessantamila ne ho marchiati a fuoco"

D   "fuoco! – ridendo – te ne servirebbe di fuoco di ROGHI nemmeno l'inferno basterebbe"

sono sulla buona strada, ma come farlo parlare? come fargli credere che so già tutto. Col vecchio sistema

R   "so tutto" il più calmo possibile

D   "tu... non sai... NIENTE!"

non ha funzionato

R   "credi? e perché altrimenti sarei qui?"

meglio se lo chiedo io perché sono qui prima che lo faccia lui.

Dauger tremava. Si sedette.

D   "ti conviene farti rinchiudere... E SPERARE CHE NESSUNO LO SAPPIA ormai mi hai condannato a morte mi uccideranno"

questo non mi dice niente. Che fare? Che dire? Devo rischiare

R   "quante messe nere sono state fatte al louvre eh?"

D   "AH AH AH – la risata faceva raggelare il sangue – più di quante immagini" guardandolo con due occhi che rilucevano come se in loro fosse rimasto il bagliore delle fiamme degli inferi

D "cosa credi? loro sanno tutto, loro sono secoli che hanno messo radici qui e ormai hanno scavato sotto a tutta la corte sono SECOLI CHE COMANDANO!"
ma cosa sta dicendo? è forse pazzo davvero?
D "la montespan? chi vuoi che sia? chi è l'amante del re in fondo? lei non è niente lei ha imparato! si è adeguata! ha fatto come tutte le altre! è così che fanno lì e io facevo uguale"
R "e tu da chi hai imparato? dalle tue o dai tuoi amanti?"
D "eh eh eh... ti credi scaltro de la reynie ma con certe cose non si scherza"
R "perché hai detto da secoli?"
Dauger gli fece cenno d'avvicinarsi
D "secoli caro mio secoli, da quando..." e tremò dalla paura. De La Reynie si avvicnò ancor più.
R "da quando? PARLA O TI SBATTO FUORI DA LORO" prendendolo con entrambe le mani.
D "è un'arte italiana la stregoneria francese non lo sai?"
R "che intendi dire?"
D "quale italiana è stata seduta sul trono di francia?"
De La Reynie si fermò un attimo per pensare, ma questo bastò a Dauger. Ratto come lampo estrasse il pugnale da sotto la giacca dell'altro che gettò a terra, e urlando con la bava alla bocca e gli occhi fuori delle orbite alzò il pugnale per ucciderlo
D "I'A! CTHULHU FHTAGN! PH'NGLUI MGLW'NAFH..." e qui de La Reyne lo spinse con le gambe e la forza della disperazione. Liberatosi corse subito verso la porta.
D "CTHULHU R'LYEH..."

l'aprì subito ma maledì l'aver fatto chiudere quella esterna e pestò col pugno prima che Dauger fosse di nuovo su di lui

D   "WGAH'NAGL FHTAGN"

scansò la pugnalata per un pelo prendendo il braccio dell'omicida. Nel corpo a corpo non aveva speranza di uscirne vivo. La serratura iniziò a sferragliare e la porta si aprì.

In un attimo le guardie furono su entrambi. Presero di peso l'assalito trascinandolo lontano da lì e spinsero l'assalitore che continuava a urlare sbavando come un cane idrofobo

D   "LILITH   AZAZEL   ASTARTE   BELIAL DAGON YOG SOTHOth..."

Le due porte di metallo e legno si chiusero e non si udì più nulla.

SM   "venga con me"

Rimessosi in piedi l'altro lo seguì. Una volta nell'ufficio del governatore:

SM   "quel prigioniero non ha mai dato segni di squilibrio! mi spieghi un po' cos'è successo là dentro"

R   "lei non ha ricevuto nessuna lettera dal ministro della guerra!"

SM   "come no! eccola qui e farò un'indagine"

De La Reynie prese la lettera e la bruciò sulla fiamma della candela

R   "e io... non sono mai stato qui"

SM   "cosa significa?"

R   "di saint mars! non faccia domande e vivrà a lungo" assicurandosi che la lettera bruciasse completamente.

R   "ora mi ridia la lettera del re e mi accompagni fuori"

Di Saint Mars non si fece né fece altre domande. Gli porse la lettera e accompagnò de La Reynie fino al piazzale.

SM   "cosa devo pensare de la reynie"

R   "scriva sul suo diario... niente di fatto!"

CAPITOLO DICIASETTESIMO
Mont Saint Michel

Facilis descensus Averno:
noctes atque dies patet
atri ianua Ditis;
sed revocare gradum
superasque evadere ad
auras
hoc opus, hic labor est.
(Publio Virgilio Marone
"Eneide" 29-19 A.C.)

In realtà le ore per arrivare erano quattro, e non era facile per Andrea rendere interessante il tragitto alla morosa quando questa iniziava a lamentarsi. Dovemmo fermarci a metà strada, non so nemmeno io in che paesino, ma l'importante era accontentare una delle due donne, nonché morosa di uno degli uomini. Stefano faceva ogni tanto qualche commento contro l'idea di Greta e contro le donne in generale che si lamentano per niente.
G   "pure tu ti stai lamentando adesso"
Questo bastò a zittirlo. In effetti quattro ore di viaggio erano tante e l'idea di farle al ritorno la sera stessa le rendeva più pesanti. Il giorno prima avrei dato ragione a Greta su qualsiasi cosa, oggi sarebbe stato inutile fare commenti. Una volta partiti meglio godersi al meglio il viaggio e cercavo di mantenere gli animi il più allegri possibile.
Alla fine arrivammo alla spiaggia della Bretagna.
Mont Saint Michel si stagliava all'orizzonte, solitaria e maestosa. Io e Greta avevamo gli occhi grandi dalla voglia

di non dimenticare nemmeno un particolare. Come quando guardi un quadro che hai cercato per una vita.

Nulla rimane della romantica strada che andava sotto acqua con l'alta marea. Ora c'è un immenso parcheggio che comincia dalla costa e prosegue fino all'isola. Ma l'emozione di vederla avvicinarsi ripagava tutto il resto.

Trovammo posto per parcheggiare vicinissimo alle mura. Con il bel tempo una serie infinita di turisti aveva invaso il sito. La fortuna era dalla parte nostra.

G   "ora ce la guardiamo TUTTA!" aprendo le braccia.

Camminammo lungo la Grande Rue, che di grand non ha propio niente se non l'altezza delle case rispetto alla strada. Negozi di souvenir a ogni mezzo passo e tanti turisti che sembrava di essere a Venezia durante il carnevale. Quando devi mettere i sensi unici in una città pedonale.

Mi chiedevo quanti abitanti avesse la cittadella, e con tutti questi visitatori quante palate di soldi facessero. Ma allo stesso tempo mi godevo lo spettacolo: erano anni che volevo andarci e finalmente ero lì. Altro che Parigi, stavolta hai avuto una buona idea Greta! Qualcuno mi farà notare che pure quello è un luogo da turismo di massa, sì è vero ma ognuno ha le sue piccole contraddizioni.

Mentre si sale non si riesce a vedere l'abbazia, ma non eravamo come quelli che arrivano a Venezia solo per vedere San Marco, a noi piaceva bighellonare e vedere ogni posto come un dono. Peccato che c'era veramente da calpestarsi i piedi.

Arrivati in cima però cercammo subito l'ingresso alla chiesa, indifferenti ai cartelli che indicavano le varie possibilità.

Il sagrato permetteva una vista incredibile.

Nel libro precedente Greta nomina l'anno in corso come 2009, quindi ora i fatti si svolgono nel 2010. Nell'Agosto del 2010 il picco di marea a Mont Saint Michel si ebbe circa verso le nove del mattino, quindi all'ora in cui i nostri personaggi raggiungevano il sagrato della chiesa il mare era presumibilmente visibile solo lontano verso nord.

Da lassù si vedeva il mare verso nord e la costa con le sue lagune, da quell'altezza era come sorvolare radenti un paesaggio magnifico. Il vento e il canto dei gabbiani accompagnavano l'odore del mare che ci avvolgeva. Io mi dicevo che era la prima volta che vedevo l'oceano, anche se in fondo era la manica. Il sole a picco non dava fastidio. Guardai i miei amici e vidi che tutti sorridevano e tacevano. Come a dirsi l'un l'altro che ognuno era felice. Guardai Greta

I   "grazie..."

Mi guardò come sognante e mi prese a braccio

G   "entriamo"

Appena entrati in chiesa ci colpì dapprima il fresco che le mura di pietra proteggevano l'addentro, poi il canto dei monaci sul fondo dell'edificio. Forse stavano dicendo messa ma noi non volevamo più uscire. La suggestione era al massimo, la penombra, l'arpa di luce che entrava dalle finestre, il canto dei monaci. Sono quei momenti in cui l'ateo si ferma a pensare che forse...

Mentre Andrea si faceva il segno della croce noi proseguimmo verso l'abside illumato dal suo gotico fiammeggiante. Come non guardare in alto quando sei sotto alla guglia che svetta da tutte le foto di internet?

Ma arrivati lì un'altra cosa mi distrasse

I   "ma ci sono anche le monache?"

Infatti a sinistra erano monaci e a destra monache.

I   "ehi tu che sai – rivolto ad Andrea – c'è pure un convento femminile qui?"

A   "boh, è la prima volta che beh anch'io pensavo che ci fossero solo monaci boh... forse sono in vacanza" sorridendo

G   "guarda – Greta mi stringeva il braccio – metà chiesa è in stile romanico e l'altra metà in gotico e la parte gotica è pure più alta"

I   "è vero" guardai stupito.

In effetti proseguendo verso l'abside dopo la guglia il tetto era parecchio più alto.

G   "perché ha subito parecchi crolli nella storia e parecchi rifacimenti"

Greta leggeva sempre le guide prese in prestito dalla biblioteca civica. Il tutto veniva detto a bassa voce, dopo un po' di confidenza cominciammo pure a fare foto senza flash. Non so se si poteva andare per il corridoio di colonne che gira attorno all'abside, come al Santo di Padova, ma noi eravamo già lì che facevamo i turisti ormai privi di religioso rispetto. In una delle nicchie una scala a chiocciola scendeva, con tanto di cordicella rossa per impedire ai curiosi l'accesso.

G   "eh ma questo è un invito!"

I   "no greta, no!"

G   "ma qui non so se si può stare durante la messa bisogna che usciamo" e già cominciava a scavalcare. Notare che per via delle stampelle l'unico modo per lei di farlo era di trascinarmi con lei. Sapeva di prendermi per un mio punto debole e così la seguii. E poi ero ancora reduce da ieri e quindi facevo tutto quello che mi diceva. Una fuga insieme non si poteva certo negare.

La chiocciola era stretta e buia così che lei si stringeva a me. Sbucammo proprio sotto all'abside, le cui colonne quasi continuavano uguali nei sotterranei. Se di sotterranei in una montagna è corretto parlare. Era quella che viene chiamata cripta dalle grosse colonne, raggiungibile anche per vie lecite.

Greta ostentava un'espressione da bambina quasi a voler mostrare a tutti che voleva nascondere una scappatella.

G   "guarda! c'è un mistero!"

I   "cosa?"

G   "questo quadrato in mezzo alle colonne, vedi che sotto la voltina a botte compagna il quadrato per terra non c'è?"

I   "la voltina a botte sarebbe al volta a crociera?"

In effetti era proprio così, la pavimentazione della cripta non era uguale per le due volte gemelle, su di una c'era un quadrato ornato di vari fregi a chiocciola. Eravamo proprio sotto al presbiterio, le due colonne che dividevano i due ambienti gemelli sostenevano il pavimento dove stavano in ginocchio i monaci.

G   "sicuramente è una botola per chissà quale nascondiglio, non a caso le piastrelle del quadrato mostrano ognuna un labirinto"

I   "il passaggio segreto tra il monastero maschile e il femminile"

G   "ma daaai"

I   "eh beh insomma ti pare non meriti un nascondiglio?"

G   "io parlavo di dove si nascondono i libri proibiti"

I   "le video cassette porno dell'antichitaà?"

G   "ma oggi che hai? hai mangiato peperoncino ieri?"

Volevo dirle che a volte bastava guardarla ma pensai che continuare su quel tema non era il caso, né il luogo era il più adatto.

Arrivarono gli altri.

G   "per dove siete scesi?"

S   "per la cappella di san martino"

G   "e si pagava?"

S   "ma voi dove siete scomparsi?"

G   "per un passaggio segreto" occhiolino verso di me

Ora scrivo a distanza di molto tempo, allora non pensavo certo col senno di poi. Ora mi sento di dire, come se parlassi di un'altra persona, che è la cosa più naturale del mondo credersi amati.

Cominciammo la visita sistematica di tutto quello ch'era permesso vedere. Per chi non fosse mai stato a Mont Saint Michel, se non c'è un percorso prestabilito e ci si divide ci si perde all'istante. Costruita a ridosso della montagna, ci sono scale che scendono ai vari piani nei posti più impensati e poi non ti basta varcare una porta che ti sembra andare nella direzione perduta per recuperare gli amici. E come se non bastasse ogni angolo è così bello che vorresti fermarti a fotografarlo.

In poche parole dopo dieci minuti io ero con Greta, Andrea probabilmente con Vichi e Stefano si era perso da solo. A Greta la cosa sembrava non toccare minimamente, con un braccio mi e si teneva, l'altro reggeva la stampella ed entrambi la macchina fotografica costantemente in funzione. Io non riuscivo a fare nulla, che con il braccio libero dovevo tenere la stampella che lei non usava.

Gli zoppi hanno la capacità di saper fare qualsiasi cosa pur tenendo le stampelle, danne una ad una persona sana e le impedirai qualsiasi movimento.

Nel chiostro vedemmo sbucare Stefano.

G   "oh eccolo qua ma dove sono gli altri"

S   "boh"

G   "massì dov'è notre dame sous terre"

S   "che?"

G   "la vecchia chiesa ch'è sotto allo spiazzo di fronte alla chiesa, pensa che è stata sepolta dalle nuove costruzioni fino ad andare dimenticata finché con un crollo non l'hanno ritrovata voglio vederla... per dove si scende?"

S   "devi rientrare in chiesa e a metà navata ci sono due scale che scendono sotto"

G   "per dove si rientra?"

I   "a che piano siamo?"

S   "siamo allo stesso piano della chiesa ci esco ora, se esci di qua dal giardino si entra in una stanza e poi dentro"

G   "dai andiamo" prendendo a braccetto pure lui e tirandoci assieme.

Nella stanza che precedeva la chiesa c'erano degli scalini che salivano al transetto e altri che scendevano di giù.

S   "qua davanti si entra in chiesa"

I   "guarda si può scendere anche di qua senza entrare in chiesa

Gli scalini scendevano umidi. Poi giravano verso sinistra.

In realtà quelle scale girano verso destra e portano alla cosiddetta passeggiata dei monaci.

Mi voltai non c'era più nessuno, Greta e Stefano erano entrati in chiesa, ma se il senso dell'orientamento non mi aveva tradito girando a sinistra sarei entrato anch'io nella chiesa sotterranea. Per un attimo sentii pure le loro voci. Fortuna che Greta manteneva il suo tono megafonico di voce dovunque andasse.

Gli scalini continuavano a scendere, e a scendere ancora. Come scorciatoia non vale niente e fa pure sempre più buio, torniamo su alla strada canonica. Arrivato in fretta alla svolta mi gettai a sinistra e salii gli ultimi scalini per il chiostro o per quello che ci stava accanto.

Ma c'erano altri scalini che salivano!

Mi erano solo sembrati più pochi? Saliamo! Eppure la luce si faceva più forte quindi mi stavo avvicinando al chiostro.

Che dire quando arrivai ad un pianerottolo con una finestrella che non ricordavo. E soprattutto degli scalini che seguivano scendendo!

Guardai fuori per la stretta finestra e vidi il mare. Questo non mi diceva niente. Che fare? Forse avevo preso una biforcazione senza accorgermene. Manteniamo la calma e torniamo indietro. Scendi scendi scendi. Quanto ero salito prima? Si faceva sempre più buio. Avevo trovato la svolta? Uffa! Non me ne ricordo. Torno su? Scendiamo finché ci si vede, è solo agitazione.

A poco a poco vedevo una luce sullo sfondo. In fondo non era poi così buio, adesso sarei uscito. Una svolta. Eccola finalmente, ma la finestrella prima non c'era. Sicuro? Guardiamo. Sembrava dare all'interno di un pozzo. Forse non l'avevo vista. Scendiamo ancora e troviamo la biforcazione che mi ha tradito.

Scendi scendi. Un'altra svolta. Stavolta senza finestre... Buio era buio ma i miei occhi si erano abituati. Ragioniamo. Appena uscito dal chiostro con il sole che batte non avrei potuto vedere nulla, quindi non sono certo passato di qui. Tornare indietro? Meglio. Gli scalini scendendo diventavano sempre più bui.

Sali sali sali. Ecco la svolta con la finestra del pozzo. Bon saliamo ancora. Sali sali. Una porta a metà strada tra gli scalini. Ma c'era prima? Guardai lo scalino. La morte mi sorrideva scolpita... Mi avvolse l'ansia. ma dov'ero finito? Ho il cellulare? Oh almeno quello. Non prende un accidente, no una tacca c'è. Ora no... Uffa. Almeno fa un po' di luce. Bon da qualche parte sbucherò. Nella cella di una monaca? Forse, basta uscire.

Salii salii salii. Le svolte mi fecero ubriacare e poi si cominciò a scendere. Porca miseria! Ecco una biforcazione. Scendono entrambe. Da dove sono venuto? Guardai a terra se trovavo una mia impronta sugli scalini umidi. La morte ammiccava dagli scalini. Mi voltai di scatto

I   "CHI VA LÀ!"

La mia eco risuonava nei passaggi bui. Bella storia. Magari gli altri mi stanno cercando. Andiamo sempre a destra? Funziona solo se lo fai fin dall'inizio. Greta lo volevi il tuo labirinto? Magari non lo è e mi perdo in bicchier d'acqua ma mi ci perdo comunque e quindi l'effetto è lo stesso. Una strada vale l'altra prendiamola e basta.

Scesi per innumerevoli gradini. Ora l'oscurità regnava e ringraziavo il cielo di avere una luce fissa e non una candela che proietta strane ombre. Per forza le case una volta erano sempre popolate di fantasmi. Non appena scendeva il sole giravi per le stanze con le candele e le lampade a petrolio. Sai che ombre muovevano i mobili! Ma ora era il momento meno opportuno per pensarci. Ecco! Che? Qualcosa. Tum, tum. Il mio cuore? No qualcos'altro. Tum tum... tum tum... eppure mi era parso. Continuiamo, restando fermi non si va da nessuna parte. Massì sono dei passi. Una persona finalmente. Era dietro di me e le andai incontro. Un attimo...

Chiusi il telefonino.

Avanzava nell'oscurità? Ma chi era?

I suoi passi erano più uno sciacquìo che passi veri e propri. Ma no, era uno strisciare giù per gli scalini.

Cos'era?

Mi voltai di scatto, riaprii il telefonino e mi diedi alla fuga. Biforcazioni, porte, mi gettai a casaccio bastava correre. La tracolla della macchina fotografica mi intralciava non poco finché sbattei contro una porta chiusa. La custodia aperta. Il cuore batteva a mille. Sarei dovuto tornare fino all'ultimo bivio. Quanto distava? E mi seguiva ancora? Era frutto della mia immaginazione? Ma se non lo era ogni attimo lo avvicinava. Torniamo indietro.

Corsi su per le scale di filato finché sentii di nuovo quello striscare e cadere per ogni gradino. Ora lo sentivo vicinissimo. Avanzava più veloce di prima. Avanzai cautissimo a luce spenta. Arrivai ad un pianerottolo. La biforcazione! Ma...

Lo sentivo respirare! È qui...

Chi mi inseguiva nell'oscurità? Cos'era che mi cercava? Strisciai con la schiena rasente al muro trattenendo il respiro. Cercando con ogni cellula del mio corpo di non fare il minimo rumore. Sentivo il suo respiro. Strisciava verso di me. La mia schiena al muro. Allungai una mano verso destra. Ma dov'era l'uscita? C'era una biforcazione prima. Sta strisciando i suoi piedi verso di me. Allungo un po' di più la mano.

Ecco! Mi sposto un po'. Si avvicina. La porta! Sento il suo alito. Ho tutto il braccio nel pertugio ma lui è di fronte a me.

Nei momenti di disperazione ti vengono le idee più bizzarre: la custodia della macchina fotografica era ancora aperta. Avrei potuto estrarla senza il minimo rumore. Non lo sentivo più. Si era voltato? O non esisteva affatto? Ero libero? Nella mano sinistra avevo la mia Leica. L'unica mia arma. Ecco... lo sento di nuovo. È vicinissimo! Armo il flash. È proprio a pochi centimetri da me! Allontano la mano sinistra e punto l'obbiettivo verso di noi. Sta annusando l'aria. Chiudo gli occhi e... Clic!

Il lampo illuminò tutta la stanza accecando. Mentre spero lui si avventi verso sinistra io mi getto nel pertugio a destra e corro. Sento una mano sulla spalla! Per miracolo non cado. Una mano? Ma cos'era poi? Non lo saprò mai. Non lo voglio sapere. Corro!

Corro fino a saltare gli scalini nel buio più completo. Arrivo ad un altro pianerottolo. Rovino a terra. La macchina? Salva!

Credere che ci sia uno scalino quando non c'è è come credere che sia tutto piano e trovare una botola. Ti fa subito perdere l'equilibrio. Beh così ora posso prendere il telefono e fare un po' di luce.

Una porta. Una! Meglio. Scendiamo ancora. Scendo. Scendo. Scendo...

Sempre più lentamente. E dov'ero? Sopra o sotto il livello del mare? Ormai camminavo adagio. Ripensai a quell'incubo. Il suo alito sulla mia faccia. Sapeva di pesce marcio e alghe sulla risacca. Altre svolte. Altre biforcazioni. Gli scalini finirono.

Ora si procede sul piano. Siamo arrivati? Ma dove? Una stanza vuota. Un pozzo al centro. No... basta scendere. Arriva fino agli inferi questa montagna? Strana ironia visto che l'Arcangelo Michele scacciò Lucifero dal Paradiso.

Le stanze si moltiplicano. Prima era tutto scale. Ora non ci sono neppure i corridoi. Aspetta! Tornai nella stanza precedente. Due scalini precedevano una porta quasi nuova. Dopo tutte quelle assi marcite questa sembrava nuova. Si apriva.

Un'altra stanza. Era una colata di cemento quella che scendeva dal soffitto? Siamo vicini alla civiltà? Cercai segni di qualcosa di recente: cavi elettrici o tubazioni ma niente. Forse sono sotto ad una casa. La stanza dava su un corridoio. Guardai ogni pietra che lo componeva. In punta di piedi tastavo ogni fessura. Ma cosa cercavo? Una piastrella smossa che mi facesse entrare dentro ad una casa? Una luce!

Sì una luce in fondo al corridoio. Una finestra stretta. Aria! Dava su quello che sembrava un altro pozzo. Ma da qui sentivo delle voci. Stoviglie e persone. Mi sporsi. Sopra di me una grata ma più a destra era aperto e un fossato continuava fino ad un tombino. A tornare si fa sempre in tempo. Mi sporsi per la finestra e cercando di non sporcarmi, di sbieco visto che seduto non ci stavo cercai di prendere la grata con una mano. Sporca ma chi se ne frega.

Misi un piede sulla finestra e mi tirai su. La strada! Libero. Mi tirai per la grata e misi il piede sul limite dello scolo del fossato. Uscii da lì facilmente. Fuori!

Un cortile, probabilmente di un ristorante visto che dalle finestre vedevo i cuochi e i camerieri. Ora è meglio uscire. Incredibile come l'essere umano risolto il problema più grosso se ne faccia un altro. Ora non volevo trovarmi in imbarazzo con quelli del locale. Vidi sulla parete il cartello che indicava la toilette. Mi diedi un contegno e feci finta di uscire da lì. Passai per un secondo cortile dove a dei tavolini dei turisti mangiavano allegramente. Sorrisi anch'io, ben più sollevato di loro. Quasi quasi mi veniva voglia di uscire salutando come un abitué. La strada! Finalmente! Diedi un gran respiro.

Ma i miei amici dov'erano? Imbruniva.

Riconobbi la Grande Rue, tanto valeva dirigersi verso l'abbazia. Sicuramente gli altri erano ancora lì a cercarmi. Mentre facevo slalom tra la folla che scendeva mi parve di sentire la voce di Greta. Mi voltai. Erano dietro di me che scendevano.

I "HEI SON QUA"

G "non occorre mica gridare sai?"

Come? Continuavano a camminare tranquilli verso le mura. Con una corsa e tre spintoni fui da loro. Presi a braccio Greta.

I "sono qua sono ancora vivo"

Lei divincolò il braccio e si tenne a Stefano, poi voltandosi verso di me

G "scusami – stringendomi la mano – è solo che fa un caldo!" sorridendo per scusarsi.

Ma non mi avevano cercato? Ed erano scesi senza di me?

I   "ma... non vi siete accorti che mancavo?"

S   "mancavi dove?"

G   "t'eri fermato?" interrompendo di nuovo le comunicazioni con Stefano. Io ero senza parole.

I   "ma!... ve ne andate senza di me!" non sapevo se ero sorpreso o arrabbiato.

G   "beh se ti fermi da qualche parte diccelo che ti aspettiamo, hai trovato un souvenir che ti piaceva? oh no non ho comprato niente DOBBIAMO comprare qualcosa. STEFANO non mi ricordi mai quello che devo fare!"

S   "devi comprare qualcosa"

G   "oh grazie se non me lo ricordavi tu..."

A parte che lo Stefano che conoscevo io le avrebbe risposto qualcosa del tipo: e te g'ho da dir mi? oppure: e no t'ho mina da dire mi queo che te devi fare! condito da qualche commento colorito.

A parte che nessuno pareva essersi accorto della mia mancanza.

A parte che Greta aveva trascinato Stefano in un negozio e Vichi Andrea in un altro.

Io ero rimasto solo a far da frangiflutti tra i turisti della Grande Rue.

Andrea mi fece cenno dalla vetrina di entrare.

A   "che hai?"

V   "sì che hai? mi sembri coso"

Vichi non si era mai mostrata molto ciarliera, parlava sempre e solo con Andrea e ora mi sentivo un po' strano a sentirmi rivolgere la parola.

I   "non so sarà la levataccia di stamattina"

V   "sarà che te hai guidato mentre noi ci riposavamo è meglio se guida andrea al ritorno"

A   "sì dai guido io"

V   "so che te non sei amante degli usi turistici ma un ricordo di oggi io lo prendo se sono te, anche solo un adesivo da attaccare alla cosa"
Un ricordo di oggi? E cosa c'è di bello da ricordare? E poi cos'è sta dannata cosa o coso che nomini ad ogni frase?
A   "intende dire alla macchina" ammiccando verso di me
V   "massì l'importante e farsi capire"
Io non fui di compagnia per la scelta dell'acquisto. Vichi prese un adesivo e lo sventolò verso di me come a dirmi: guarda che l'ho preso io. Ma io non avevo mica detto di sì. Massì chissenefrega. Diede tutto ad Andrea che si mise in coda alla cassa. Lei rimase con me.
V   "lasciala stare non prendertela si sapeva che finiva così"
I   "cosa?"
V   "se davi retta a me era meglio o forse non serviva a niente, quando una donna è cosa non c'è niente da fare"
La guardavo inespressivo. Lei mi sorrise e mi fece l'occhiolino. Se non ne vuoi parlare capisco, diceva lo sguardo suo.
V   "stanco? dai che adesso al ritorno te ti riposi un po' e sto io dietro"
Come tu dietro?
I   "ma no dai..."
V   "CREDIMI. è meglio così"
Ci guardammo negli occhi.
V   "è meglio così"

Mont Saint Michel si allontava dietro di noi. Greta faceva delle foto dal lunotto posteriore cercando di rapire il tramonto.
Lei tra Vichi e Stefano. Io davanti con Andrea...

G   "ora che si spopola da tutta quella gente dev'essere davvero incantevole"
Con l'alta marea era tornato il mare ai due lati della strada.
Arrivammo a Parigi a mezzanotte. Loro con in pancia un panino io completamente digiuno. Ci rimpinzammo nel primo bar aperto e poi finalmente nella nostra camera. Dal letto guardavo il soffitto nell'oscurità. Ho davvero sognato?
Fuori dalla finestra iniziava un luminar di stelle.

CAPITOLO DICIOTTESIMO
il gioco delle tre carte

La coscienza deve essere obbedita prima di ogni altra cosa, se necessario anche contro le richieste dell'autorità.
(Benedetto XVI citazione al "Commentary on the documents of Vatican II" 1969)

Pinerolo 1680, il governatore della fortezza prigione riceve una visita dal ministro della guerra Louvois. Gli ordini sono chiari, tanto chiari quanto segreti: fate sparire Fouquet. Perché? Segreto di stato. Come? Il prigioniero Dauger è un esperto di veleni. Assassinarlo quindi? Fate voi. Nessuno dovrà mai più vedere Dauger. Bisogna assassinare Fouquet perché lo ha visto in faccia? Fate voi e Dauger dovrà portare da oggi in poi una maschera di velluto nero in modo che nessuno mai più veda il suo volto. Perché tante precauzioni? Segreto di stato, vi anticipo che riceverete un trasferimento, Exilles ma poi l'isola di Santa Margherita. E lì porterò con me Dauger? Indovinato ma prima dimenticate quel nome.

Di Saint Mars rimase solo. Perché assassinare quel buon Fouquet? Solo perché ha visto quella canaglia di Dauger? Pure lui aveva visto Dauger! Un giorno lo avrebbero assassinato? Che aveva mai fatto di male Fouquet? Aveva rubato dei soldi allo stato quand'era attendente alle finanze... chi non l'aveva fatto prima di lui? E adesso? Colbert non faceva lo stesso? E Dauger invece! Assassino omosessuale infanticida avvelenatore e poi chi più ne ha più ne metta! Questo era quello che si diceva, poi chissà quanto altro c'era sotto.

Più il governatore pensava e più si delineava una soluzione, che via via da indefinita gli diveniva sempre più chiara.

Convincere Dauger a fare un veleno mortale che non lasciasse traccia fu facile. Bastò promettergli qualcosa: ad un recluso, qualsiasi allentamento al rigore sembra un tesoro. Convincerlo a portarlo in un bicchiere a Fouquet quand'era di servizio come valletto fu ancora più facile. Ma di Saint Mars non era stupido e una volta sulla porta della cella di Fouquet:

SM "ah ma ecco la rivière non era malato?"

D "che vuol dire?"

SM "vuol dire che oggi sei esentato dai servizi non sei contento?

F "volete darmi due servitori oggi? che non mi creda il re in persona!"

SM "guardie riaccompagnate dauger nella sua cella"

F "ah lei rimane? il governatore che mi porta il bicchiere la rivière! guarda come si porta un bicchiere"

SM "vorrei rimanere solo con voi fouquet"

Fouquet divenne serio, poi congedò il suo valletto.

F "che c'è"

Di Saint Mars poggiò sul tavolo il bicchiere avvelenato e una maschera di velluto nero.

SM "scegliete voi"

Foquet ci pensò un po', poi capì.

F "non potrò più toglierla giusto?"

SM "mai più"

F "e sia!" e indossò la maschera.

Poco dopo venne data la notizia che Nicolas Fouquet era deceduto in prigionia. Alcuni parlarono di avvelenamento ma non si ebbero mai prove per suffragare quest'ipotesi.

Nel frattempo di Saint Mars venne trasferito come governatore al carcere di Exilles e successivamente nell'isola di Santa Margherita. Portava con sè un prigioniero misterioso al quale venivano riservati molti privilegi, veniva trattato con tutti gli onori di una persona di alto rango. Nascondeva costantemente il volto in una maschera di velluto nero.

CAPITOLO DICIANNOVESIMO
nostra Signora di Parigi

Discussioni realmente avvenute tra uomni e donne in una corriera di pendolari:

U1 non riesco mai ad essere puntuale

D1 io sì

U1 no io no, quei dieci minuti...

D1 dieci minuti? ma il ritardo comincia dopo mezz'ora!

U2 quand'è che un ragazzo diventa un uomo?

U3 dopo la prima donna

D2 perché?

U2 gli cadono le illusioni?

U3 e quand'è che una ragazza diventa donna?

U2 dopo il primo uomo

D2 no... quando per la prima volta dice: non so che vestito mettermi

La mattina dopo, lontano dai fantasmi della notte. Eravamo seduti a fare colazione, inutile dire che ognuno aveva abusato come ogni buon turista di ciò che offriva il buffet. Greta ingurgitava col cucchiaio croccantini di tre tipi a mollo in una scodella stracolma di latte. Stefano mi chiedeva per l'ennesima volta come facevo a mangiare formaggio al mattino e Vichi non mangiava quasi nulla. Io guardavo la mia fetta di dolce che aspettava nel piattino accanto al formaggio.

G   "tutti tristi oggi?"
In effetti eravamo tutti silenziosi.
A   "hai deciso cosa si va a guardare oggi?"
G   "io? e perché io?"
A   "hai deciso tutti gli altri giorni"
I   "sentiamo tutti ch'è l'ultimo giorno"
G   "io non ho decis... ultimo giorno? ma no si torna domani"
I   "appunto, è stata una bella vacanza"
G   "ma c'è tutto oggi per divertirci! che hai?" mentre guardava nel fondo della scodella se c'era ancora qualche croccantino. Ci dev'essere un accordo internazione tra alberghi per decidere le dimensioni di quelle scodelle senza manici. Dalle dimensioni sembrano più insalatiere che scodelle.
G   "hai incontrato un dissennatore?"
I   "un che?"
G   "EXPECTO PATRONUUUM - agitando il cucchiaio per aria – ah ah ah iiiiiiih che bello harry potter" e ricominciava con gli scavi nell'insalatiera.
I   "ma è senza fondo quella scodella?"
G   "quasi non mangi il dolce?"
S   "io lo mangerei prima che te lo mangi lei"
G   "ma stefano! io dicevo solo per..."

S   "siiì non lo mangi il dolce? con gli occhi che lo guatano"

G   "GUATANO! dove hai imparato a parlare così forbito?"

S   "perché sempre stupita?"

Mi misi a spizzicare il dolce senza voglia.

G   "mamma così domani siamo ancora qua daaaIIII mangia quel dolce che sei l'ultimo"

V   "vado un attimo sopra"

G   "sbrigati"

Aspettai che Vichi uscisse

I   "ma dove se ne va ogni volta che finisce di mangiare?"

A   "a rifarsi il trucco" sotto voce con la mano davanti alla bocca

G   "ma saranno affari suoi MANGIAAAA"

Finito il dolce e recuperata Vichi eravamo fuori dell'albergo

A   "non siamo neanche andati al louvre"

V   "gheto voia?"

S   "beh sarebbe un'occasione"

V   "sì non dico di no ma che coda ci sarà?"

G   "beh abbiamo tutto il giorno" prendendo a braccio Stefano.

A   "aggiudicata" già teneva a manina la sua padrona.

Non era la prima volta che camminavo da solo. Di solito Andrea faceva gruppo con Stefano e Greta o stava con me o con Flavio o in mezzo ai due. Ma ora che entrambe le coppie erano un maschio e una femmina mi sentivo come fuori posto. Beh oggi tocca a Stefano, e poi litigano sempre per poi fare la pace no?

Era la prima vacanza che li vedevo a braccio. Era la prima vacanza che Greta avesse le stampelle. Vabbeh, ci avviammo verso il Louvre, e la strada non era breve. Nemmeno la coda lo fu.

V   "è qui che c'è la gioconda giusto?"

A   "sì tesoro"

I   "sì ma la si vede tra centinaia di teste non so se ne valga la pena"

G   "ma non si può venire qui senza vedere la gioconda che dici?"

I   "dico che se oltre alla gioconda ci fosse l'annunziata di antonello da messina nessuno guarderebbe più la monna lisa"

G   "mah, non son d'accordo"

Greta era con Stefano di fronte a noi nella coda e per parlare con me gli torceva braccio che a fatica capivo come non gli facesse male. Invece io e i due morosi facevamo cerchio.

S   "la gioconda rimane una delle attrazioni di parigi"

I   "sì di quelle mete obbligate che tutti vengono a vedere per ignoranza"

G   "una parte di ragione sicuramente ce l'hai ma stai anche svalutando troppo il capolavoro di leonardo"

I   "ecco vedi: IL capolavoro come se avesse fatto solo quello"

Greta si voltò in avanti assieme a Stefano borbottando tra loro. Io guardai Andrea e Vichi.

A   "beh leonardo è tornato in auge ultimamente con il codice da vinci"

V   "lo gheto 'eto?"

A   "ghetoeto? còssa vol dire?"

V   "se te ghe 'eto el coso!"

I   "se hai letto il codice da vinci"

A   "scusa se i ciosotti no parle padovàn! no, no lo g'ho ieto" imitando il veneto di Vichi.

V   "io sì"

A   "ciavrei scommesso"

V   "perché"

A   "...l'hanno letto tutti"

V   "no! TE pensavi ad un altro cos... motivo, comunque anch'io sapevo che un pretino come te non l'aveva letto"

A   "cosa vuol dire?"

V   "ohu – rivolta a me – basta parlar male della cosa e dei preti e sei sicura che litighi con lui"

A   "son davvero così?"

V   "anche peggio"

Stavano approfittando della mia presenza per accusarsi gentilmente di cose che altrimenti da soli avrebbero scatenato una lite.

V   "perché mai non poteva esserci una donna tra gli apostoli?"

A   "dipende cosa intendi per apostoli, i dodici erano una cosa ma poi c'era un sacco di gente al seguito tra cui c'erano sicuramente delle donne"

V   "è che ai tuoi amici preti non piace che si dice che una donna era così importante"

A   "FOSSE così importante"

V   "ooh no rompare i coioni"

Devo intervenire

A   "da qua a dire che gesù fosse sposato ne passa"

V   "beh che male c'era se lo er... se lo fosse stato" occhiolino verso di me

A   "appunto per questo, perché nasconderlo"

V   "per nascondere la DONNA nella sua dignità"

A   "senti... perché avrebbero dovuto tutti odiare la moglie del capo come dice dan brown?"

V   "per il coso che ho detto prima"

A   "ok, ammesso ma non concesso, senti qua, anche maometto era sposato"

V   "eh e allora?"

A   "appena lui è morto la mogliettina ha litigato coi quattro califfi"

V   "eh"

A   "son venuti pure a fare guerra, e lei ha perso – alzò la mano per non essere interrotto da Vichi – da quel momento i quattro califfi decisero che le donne non dovevano avere a che fare con la politica e altre cose perché a causa di una donna l'islam appena nato rischiava di spezzarsi in due. questo ha segnato profondamente la storia dell'islam"

V   "e alora cóssa xe che te vòi dire?" spazientita

A   "voglio dire che sarebbe stato ben difficile far credere a tutti che maometto non si era mai sposato"

V   "ma va là" guardando da un'altra parte

A   "ok hai ragione tu"

V   "certo, questa coda è più lunga della fame dopo una carestia africana"

I   "una volta qua credo che valga la pena aspettare"
Volevo cambiare discorso.

V   "ah beh certo non volevo mica andare a fare un giro"
In quel momento Greta si voltò di scatto

G   "e perché non ci diamo il cambio?"

V   "in che senso?"

G   "due restano qua e due vanno a farsi un giro – aggiungendo sottovoce – i quattro davanti a noi è da stamattina che fanno così facciamo anche noi"

V   "ok cominciamo noi a stare qua andate pure"

G   "mannò io e stefano restiamo qui andate voi"

V   "ci vediamo dopo, tra mezz'ora?"

G   "va benissimo, anche quaranta minuti"
Andrea si allontanò con Vichi, io che dovevo fare? Vichi mi prese a braccio e mi portò via. Con uno sguardo che

diceva: ma proprio non capisci un cazzo allora! Poi mi guardò più conciliante.

V   "lasciali soli resta con noi"

Mentre camminavamo a casaccio senza meta sbottò con un

V   "certo che voi uomini non capite proprio 'na merda secca eh"

A   "che intendi dire?"

V   "ecco visto? bah lascia stare"

A   "no adesso ci dici cosa volevi dire"

V   "se non ci arrivate da soli è inutile che vi spiego io"

A   "noi siamo più bravi a fare altre cose"

V   "cosa?"

A   "beh visto che stiamo andando al louvre potrei dire che abbiamo più creatività"

V   "e perché? sentiamo"

A   "i grandi artisti sono tutti uomini"

V   "ma và! solo perché all'epoca alle donne non lasciavano fare niente"

A   "non è vero un sacco di arazzi e merletti venivano fatti dalle donne"

V   "ecco alle donne lasciavano solo cosare con l'ago in mano"

A   "potrei ribattere che agli uomini era proibita la nobile arte del ricamo"

V   "che intendi dire?"

A   "che stai svalutando le opere eseguite dalle donne solo perché sono state fatte dalle donne"

V   "hai detto te che i grandi artisti erano tutti uomini"

A   "sì hai ragione ma adesso dico che gli uomini si sono dedicati a forme d'arte differenti tutto qua"

I   "però... è interessante sta cosa... gli uomini dipingevano le donne ricamavano perché?"

V   "perché alle donne lasciavano solo" e mimò il gesto di cucire

A   "ma vedi come siete voi donne perché pensi che cucire sia un disonore? ci sono arazzi e ricami degni di essere esposti in un museo non devi disprezzare un'arte solo perché gli uomini non la... non la... beh insomma mi hai capito è pure maschilista il tuo discorso"

V   "maschilista?"

A   "sì disprezzare ciò che molte donne hanno fatto con tale rara maestria solo perché nessun uomo è riuscito a fare altrettanto è maschilista"

Vichi fece per replicare ma rimase con la bocca aperta. La frase finale che nessun uomo era riuscito dove donne invece sì, l'aveva presa in contropiede. Si era dimenticata che il discorso era nato dicendo che gli uomini avevano più creatività. Io ridevo sotto i baffi.

I   "analizziamo la cosa in modo scientifico... dipingere è una cosa prettamente creativa, ogni pennellata è un salto nel buio, eseguire un lavoro a ricamo è invece una cosa più razionale ho sempre detto che le donne sono razionali e gli uomini creativi"

V   "guarda questa è una gran cagata"

A   "perché la creatività dovrebbe essere migliore della razionalità?"

Andrea aveva il dono di mettere in dubbio i massimi sistemi della gente.

I   "seguitemi, un ricamo nasce da un'idea che è creativa quanto l'idea ch'è all'origine di un quadro, ma poi si sviluppa in una serie di azioni ripetitive che non hanno nulla di creativo o artistico e quello che maggiormente le contraddistingue è che si può sempre disfare e ricominciare in caso di errore"

A   "qui si potrebbe aprire un discorso sulla paura delle donne per il definitivo"

V   "che?"

A   "volete sempre lasciarvi una porta aperta"

V   "in che senso scusa?"

A   "nel senso che gli uomini hanno inventato il matrimonio e le donne il divorzio"

Vichi si voltò da un'altra parte storcendo la bocca.

V   "la verità è che alle donne non lasciavano fare niente nemmeno istruirsi"

I   "no questo non è vero"

V   "COME NO?"

I   "perché se è vero quello che c'è scritto nei romanzi di fine ottocento le ragazze di buona famiglia avevano l'insegnate di pianoforte di canto di disegno di latino..."

A   "di francese"

I   "di FRANCESE! non è vero che non fossero istruite, forse erano più istruite di molti uomini. non confondiamo la scuola superiore con l'istruzione, gli uomini che andavano all'università lo facevano solo per procurarsi una professione il più delle volte, e le donne all'epoca non lavoravano"

V   "ecco le donne non potevano lavorare"

I   "forse all'epoca veniva vista come una conquista il fatto che una donna non dovesse lavorare per vivere ma avesse il privilegio di essere mantenuta dalla famiglia noi che ne sappiamo?"

A   "pensa si lamentano sempre del periodo in cui gli uomini andavano a lavorare per mantenerle e loro a casa a fare il tè per i salotti degli intellettuali e gli uomini a lavorare per portare a casa uno stipendio ma dimmi tu!"

La morosa lo guardò con uno sguardo che avrebbe incrinato un vetro se fosse stato tra loro.

I   "adesso non esageriamo, la donna comunque nella società contava meno di un uomo"

V   "ecco"

I   "comunque quando dicevi che una donna non poteva dipingere o disegnare non è vero se tutte avevano l'insegnante di disegno di pianoforte di francese. dove sono finite tutte queste opere d'arte che avrebbero disegnato... i maschilisti le hanno distrutte per non far sapere che le donne sanno disegnare?"

A   "un uomo che voleva dipingere doveva farlo di mestiere infatti il più delle volte era povero"

I   "credo che fosse ritenuto disdicevole lavorare per una donna, non che le venisse impedito per maschilismo, solo c'era una mentalità diversa da oggi, oggi pensiamo che il lavoro sia un simbolo di indipendenza e di conquista della donna, all'epoca forse era una conquista non doverlo fare tutto qua... forse con la prima guerra mondiale quando hanno mandato tutte le donne in fabbrica a fare munizioni è stato loro chiesto un sacrificio per amor patrio, forse prima le donne che lavoravano erano ritenute delle sfortunate"

A   "solo nelle famiglie ricche le donne non lavoravano, le contadine lavoravano eccome"

I   "giusto è vero immagina come veniva considerata una donna che era finita nell'indigenza e doveva lavorare per vivere? anche ammesso che riuscisse a sostenersi abbastanza bene perché magari aveva ereditato un negozio"

A   "sicuramente come una povera sfortunata che avrebbe dovuto sposarsi il prima possibile per far lavorare il marITO in quel negozio"

V   "ecco alle donne non rimaneva che sposarsi"

I   "comunque c'erano donne laureate nell'ottocento eh, poche ma c'erano"

A   "sì ma sicuramente solo in certi paesi e in certe città"

I   "ah certo"

V   "le donne non potevano studiare"

I   "ma se ti dico che c'erano"

A   "amore! quando mi sono iscritto a ingegneria meccanica c'erano solo tre ragazze su trecento ragazzi"

V   "allora?"

A   "sicuramente tra cento anni diranno che le donne non potevano iscriversi a ingegneria meccanica, ma invece non è vero c'è solo la mentalità che ingegneria non è uno studio per donne"

Vichi si limitava a guardare in alto indispettita.

I   "pensa che hedy lamarr aveva studiato ingegneria a vienna"

A   "chi è"

I   "hedi lamarr? un'attrice degli anni trenta"

V   "sarà stata l'unica donna della facoltà"

A   "sicuramente"

I   "c'è pure un brevetto famoso che porta il suo nome"

V   "CHE SIA ORA DI TORNARE?"

A   "tanto per cambiare discorso vero?"

V   "ma vaffan..."

Ci avviammo verso la coda. I due ci aspettavano, erano oltre la metà prima di entrare.

G   "la coda procede più in fretta andiamo via un quarto d'ora"

I   "beh ma allora potete anche aspettare qua"

V   "ma lascia che vanno vi aspettiamo qua se vediamo che manca poco vi chiamiamo al celluare"

G   "OK!" e trascinò Stefano con sé il più velocemente possibile.

V   "rimango della mia stessa idea"

A   "stavolta son daccordo con te"

I   "comunque mi fa pensare il fatto che con tutte quelle ragazze che studiavano musica e disegno

nell'ottocento non ci sia stato un fiorire di pittrici e musiciste"
A   "forse non erano così tante come credi"
V   "FORSE GLI INSEGNANTI ERANO UOMINI tutto qua"
A   "qui abbiamo una cantante d'eccezione" stringendola
V   "vattené" spingendolo in parte e poi guardandolo con gli occhi di fuoco.

La sindrome di Stendhal, detta anche sindrome di Firenze, è una affezione psicosomatica che causa in soggetti messi di fronte a opere d'arte di straordinaria bellezza tachicardia, capogiro, vertigini, confusione e allucinazioni. Colpisce per più della metà persone di cultura europea e giapponese. Sono esclusi gli italiani che ne sembrano immuni.
Si manifesta con comportamenti molto vari che possono degenerare anche in un'isteria, fino a spingere il soggetto a tentare la distruzione dell'opera d'arte.
Dopo un iniziale senso di scoramento, che può essere anche molto profondo, tale da far sentire al malato la sua vita come arida e priva di senso; segue un periodo di presunta omnicomprensione delle opere dell'artista. Il malato cioè crede di essere l'unico a capire e comprendere appieno quelle opere e di essere quasi un fratello intellettuale dell'artista.
Riconducibile alla sindrome di Stendhal è la sindrome di Parigi, che colpisce i turisti giapponesi in visita al Louvre: un senso di forte depressione colpisce i turisti del sol levante. I soggetti messi di fronte a una visione idealizzata della civiltà europea sentono la loro, probabilmente conosciuta solo parzialmente a scuola, fortemente inferiore.

I turisti italiani li riconosci subito. In luoghi come il Louvre tutti gli altri si aggirano con la bocca a perta e gli occhi sgranati. Noi invece passeggiamo come se niente fosse, ci fermiamo di fronte ad un quadro meraviglioso e ci mettiamo a guardarlo come se guardassimo la televisione. I cugini europei non ci accusino di ignoranza, è solo perché opere del genere nelle nostre città ce ne sono ad ogni piè sospinto. Ci siamo abituati. E poi sarebbe immodesto da parte dell'autore andare in visibilio di fronte alla sua stessa opera.

Uscimmo a sera all'ora di chiusura. L'unica che non sentiva i morsi della fame era la dietista cantante.

I   "mamma mia oh ne abbiam vista di roba oggi"

G   "la mia dose di cultura annuale può dirsi a posto"

A   "uno schifo comunque la piramide di vetro"

V   "'na MERDA"

S   "mama che artista che metaria al mondo adesso..."

G   "stefanooo..."

S   "perché ghe n'ho i..."

G   "BASTA COSÌ abbiamo capito"

V   "ohu stefanò! e se lo fessimo insieme seto cóssa..."

G   "OHU! TU NON TI AZ..."

A   "EH CHEEee..."

I   "bastaaaa"

G   "ho fame" strattonando Stefano "e mi scappa la pipì"

S   "che colpa ne ho io?"

G   "ZITTO"

Stavamo attraversando il pont des arts sopra la Senna. La città da lì era stupenda, resa ancor più bella dal fatto che l'indomani saremmo ripartiti.

G   "che bello quel nicchione lì in fondo cos'è?"

S   "boh"

G   "ma non leggete mai le guide? io sto morendo di fame STEFANO decidi dove dobbiamo mangiare prima che ti dia un morso"

Il sole scendeva ed era impossibile non fermarsi a fare delle foto, tra il Louvre e l'Institut de France, il nicchione appunto... E la Senna che scorreva romantica sotto di noi. Le foto?

Quasi mi tremavano le mani! La foto del mio inseguitore nelle catacombe! Scorsi tutte le foto di oggi febbricitante. Ma poi volevo vederla per davvero? Non la trovavo. Mont Saint Michel. Mannò questa l'avevo fatta sicuramente prima di scendere. Parigi, no torniamo indietro, probabilmente era l'ultima di ieri. Andamo con calma.

G   "rimani qui non vieni?"

I   "rivo rivo!"

Eccola!

Ovviamente non si vedeva niente... Un muro di pietra coperto di muffa e un pezzo del soffitto. E per di più mossa. Nella paura non avevo centrato né me né lui. Feci per cancellarla ma poi mi dissi massì, lasciamola. E inseguii i miei amici.

Ma dov'erano finiti? Vidi Greta che mi faceva gesti dalla riva sotto la strada. La via più panoramica certo, ma il posto peggiore per trovare dove mangiare. Li raggiunsi scendendo la scalinata di corsa.

Sembravano proprio due coppie di innamorati a passeggio sul lungosenna. Tanto più che si tenevano a distanza gli uni dagli altri. Arrivato all'altezza di Andrea e Vichi camminavo di buona lena per raggiungere gli altri e lasciar soli i due fidanzati.

V   "resta qua resta qua"

I   "ce l'hai con me?"

V   "sì resta con noi"

E così camminavamo in tre con gli stampellati di fronte a noi una decina di metri. Ostentatamente lenti nel procedere.

I   "ma greta non aveva fame?"

A   "pure io eh"

V   "sì ma adesso credo che ha cambiato coso"

Dopo poco Greta cacciò un urlo che la si sentì credo fino al confine. Stefano impaurito reggeva una stampella mentre lei correva verso di noi saltellando con l'altra.

G   "NOTRE DAME CI S... VI SIETE DIMENTICATI DI NOTRE DAME – e poi voltandosi indietro – STEFANO NON MI RICORDI MAI NIENTE TU"

Lui allargava le braccia e la stampella, mentre noi ridevamo e Greta si disperava.

G   "a monte la cena faremo digiuno andiamo a NOTRE DAME dai attraversiamo il ponte"

Andrea mi guardò come per dire che ci vuoi fare, Vichi sembrava vivere di aria, Stefano ci aspettava poggiato ad una stampella e io già dicevo addio alla cena. Del resto però aveva ragione, la cena si poteva pure fare più tardi.

G   "guardate guardate" tirando fuori la macchina fotografica con l'abilità degli zoppi nel reggere più cose in mano.

Eravamo ormai sul pont au double, e la cattedrale si stagliava di fronte a noi in tutta la sua immensità. Che dire quando guadagnammo la piazza di fronte? Anche appena usciti dal Louvre lei era la Nostra Signora di Parigi.

G   "guardate che roba guardate"

S   "STIAMO guardando"

Greta una volta partita non la si poteva più fermare.

G   "le sculture parlano! sono come un libro"

A   "sono il libro del passato"

G   "sono una meraviglia, la stampa ha ucciso questo modo di comunicare"

A   "la stampa ha permesso a tutti di arrivare alla cultura"

G   "QUESTO era già di fronte a tutti, la stampa ha permesso a tutti di scrivere anche a chi dice sciocchezze guarda quante staaaatue e i GARGOYLE!"

In italiano gargolla. Molto spesso questo termine è usato erroneamente anche per le sculture a puro scopo decorativo che sporgono a sbalzo, in realtà il termine si riferisce unicamente agli scarichi dei canali di gronda detti anche doccioni.

Poi corse di fronte alla facciata e con le stampelle rivolte al cielo si mise a gridare:

G   "PIERTOTUM LOCOMOTOR"

I   "macchéffai?"

G   "hi hi è da tanto che speravo di farlo dai scappiamo"

Tutta la piazza ci guardava, alcuni sorridevano. Forse piaceva pure a loro Harry Potter o forse semplicemente piaceva Greta.

CAPITOLO VENTESIMO
confessione della La Voisin

> Pour s'éclairer nettement sur le fait de madame de Montespan, il faut rétrograder, chercher des lumières par Mariette et par Lesage sur le fait qui reste au procès du Parlement en 1668, approfondir les circonstances
>
> (Appunto autografo di de La Reynie sugli archivi della Bastiglia)

La donna era brutta e grassa. Dallo stupore di avere una donna alla Bastiglia gli aguzzini si erano riavuti ben presto. Non era nemmeno la prima volta.

V   "il bambino era prematuro, guibourg dovette infilzarlo con un coltello per estrarne il sangue."

Davanti a confessioni di questo tipo, anche il più pietoso tra gli inquisitori avrebbe fatto fatica a provare la minima pietà. L'orrenda megera confessava orribili misfatti.

V   "la prima messa nera della montespan fu tenuta presso la cappella del castello di villebousin, guibourg e la montespan, si incontrarono lì. l'ostia maligna venne consacrata"

al momento dell'offertorio, si sgozzava un bambino, se ne versava in sangue in un calice, lo si mescolava a sangue di pipistrello e altre sostanze immonde. Poi con della farina si formava un'ostia satanica.

Nell'abitazione della La Voisin erano stati trovati resti di ossa umane all'interno di un forno e i registri con i nomi di quasi tutte le dame di corte. Richieste per messe nere, filtri d'amore, veleni, unguenti a base di grasso di neonato per ridonare la giovinezza.
Catherine Deshayes detta La Voisin sotto tortura confessò di aver perpetrato aborti clandestini per cancellare le prove di vari adulterî. Nel giardino della sua casa vennero dissepolti duemila corpi tra neonati e feti. I piccoli non desiderati venivano mutilati appena nati e venduti a mendicanti, oppure allevati per poi essere venduti invece a qualche ricco pervertito.

V   "poi il sacerdote guibourg finita la messa nera si giacé sul corpo nudo della montespan possedendola sull'altare"
L'immagine del vecchio spretato Guibourg che lubrico si compenetrava col bellissimo corpo della giovane marchesa fece voltare lo stomaco a tutti i presenti.
Dieci anni di indagini avevano aperto il vaso di Pandora dell'oscurità e della perversione che aveva covato sotto lo splendore di Parigi e di Versailles.
Personaggi torbidi e crudeli come streghe, maghi, negromanti, fattucchiere avevano banchettato all'insaputa del mondo. Grandi e insospettabili famiglie e plebaglia della peggior specie sembravano essere stati affetti dalla stessa follia. E avevano stretto patti e alleanze per compiere i più nefandi crimini.

La Voisin bruciò sul rogo il 22 febbraio 1680 sulla piazza della Grève.

L'abate Guibourg non fu mai arrestato.

L'inchiesta dell'affare dei veleni venne interrotta dal re così com'era iniziata. La sua amante favorita, la Marchesa di Montespan nonché principale indiziata, si salvò così assieme a molte altre nobildonne di corte. Evitare lo scandalo fu la nuova priorità assunta da Luigi XIV.
Il capo della polizia de La Reynie affermò: "fu solo l'enormità dei loro crimini a salvarle"

CAPITOLO VENTUNESIMO
la corte dei miracoli

Gesù si avvicinò al cieco,
gli disse: "ciò imbrogión!"
E il cieco gridò:
"miracolo!"

La sera al fine era giunta. E pure la cena. Scesi dall'albergo
per strada per far gli ultimi passi a Parigi mentre la
compagnia si riposava tra le lenzuola.
Bella Parigi, indubbiamente non c'è che dire. Forse avevo
voglia di un po' di malinconia e quattro passi con le mani
in tasca e i pensieri in testa era il modo migliore di farsela
venire. Sprattutto la sera prima del ritorno. Quando vidi
Vichi.
I   "aspettavi andrea?"
V   "no volevo una boccata d'aria malsana"
indicandomi la sigaretta.
I   "pensavo i cantanti non potessero fumare"
Inclinò la testa a lato per un attimo guardando in alto, poi
aggiunse espirando fumo
V   "sarebbe meglio evitare ma dipende sempre da
quante ne còsi... questa è la prima di parigi... resta qua non
mi piace rimanere sola la notte per strada"
I   "ok... senti"
V   "ascolto"
I   "quando eravamo a mont saint michel"
Mi guardava tra un'aspirata e l'altra
I   "non mi hai mai perso di vista?"
Sgranò gli occhi
I   "cioè volevo dire..."

V   "spiegati"

I   "sono sempre stato con voi?"

V   "eri sempre con greta... finché lei non ha preso a braccetto stefano"

I   "ecco! e poi?"

V   "e poi eri lì con noi"

I   "ne sei certa?"

Mosse la mano nell'aria come per dire che razza di domande.

V   "dal momento che ci siamo riuniti te eri con stefano e greta"

I   "dove ci siamo riuniti?"

V   "ma te dov'eri? cioè voglio dire greta e stefano uscivano dai sotterranei – tremai – eee... io e andrea eravamo in chiesa e te eri là con loro"

I   "sotterranei intendi la chiesa vecchia sotto la collina?"

V   "che ne so" spegnendo il mozzicone per terra. Poi mi guardò seriamente

V   "uscivate da quelle scale che c'erano in mezzo alla cosa la chiesa tutti e tre"

I   "e poi siamo scesi al paese?"

V   "abbiamo fatto un giro in alto per le foto al panorama e siamo scesi tutti insieme possibile che non ricordi... è per questo che mi fai queste cose non ricordi?"

I   "le hai le foto che abbiamo fatto?"

V   "le ha andrea io non ho la cosa facciamo due passi"

I   "la cosa è la macchina fotografica?"

V   "s... sì – ridendo – l'importante è farsi capire"

Incrociammo un gruppo di persone, si voltarono a guardarla e scivolò qualche commento. Lei mi prese a braccio.

V   "che do coioni no se poe girare qua no i g'ha mai visto na tósa?"

I   "le gonne corte attirano parecchi sguardi"
V   "eh vabeh ma che cAsso!"
Se dovevo dirla tutta, Vichi era davvero bella e non trascurava l'essere pure appariscente. Con la costante gonna corta e i capelli biondo platino apparire era facile. E che dire di quegli occhi viola? Fortuna che aveva un naso più lungo di quello di Greta altrimenti sarebbe stata dura fare attenzione a quello che diceva.
V   "ti ea ghèto 'na femena?"
I   "eh?"
V   "hai una ragazza?"
I   "no ora no"
V   "l'avevi?"
I   "sì ho avuto delle fidanzate"
V   "ti sei lasciato?"
I   "tutte le volte"
V   "scusa le domande sai... è tanto per..."
I   "ah figurati è successo tanto tempo fa"
V   "è tanto quindi che non hai una cosa?"
I   "a fare un po' di conti un po' d'anni"
V   "un po' d'ANNI... però e non senti la mancanza?"
I   "di che?"
V   "di una donna oh! a meno che a te non piace averne dieci che ne so"
I   "non volevo dieci donne, ne volevo una ma alle donne non piace stare da sole e così ha optato per un altro che ne aveva altre nove"
V   "ah ah... credo d'aver capito, a volte le donne sono davvero cose... comUNQUE non è facile cosare nemmeno voi uomini"
I   "direi che la cosa è reciproca il più delle volte... basterebbe parlarsi un po' di più"
V   "torniamo in albergo meglio"

I "tanto greta starà poltrendo e non rischi di svegliarla"

V "mnmn... sicuro?"

I "cosa?"

V "...niente"

Salimmo le scale assieme e ci salutammo. Di fronte alla porta della mia camera mi fermai. Massì mi dissi, i miei quattro passi solitari non li ho mica fatti. E scesi per uscire di nuovo.

Tanto io non corro il rischio di sguardi indiscreti da parte dei novelli don giovanni, e nemmeno delle don giovanne. Così bighellonai per un po'. La sera era fresca dopo la giornata afosa e Parigi di notte ha un fascino intrigante. Incredibile come questa città sappia renderti spensierato o malinconico con una facilità incredibile, e con altrettanta velocità ti faccia passare dall'uno all'altro.

Camminai lungo Boulevard Voltaire finché non raggiunsi l'incrocio dove Greta il primo giorno aveva quasi ribaltato tutte quelle biciclette. Quasi quasi vado in cerca del ristorante magico. Girai a sinistra e continuai a casaccio, accompagnato solo dai miei pensieri.

Mi rendevo conto che il tempo passava. Tra poco ci saremmo laureati tutti e poi che sarebbe successo? Avremmo continuato a vederci?

Il mio mondo stava cambiando. Eppure non mi ero mai illuso che durasse per sempre. Ma quando lo vedi coi tuoi occhi ti spaventa, ti senti disorientato. Triste.

Tutto ciò mi rendeva triste.

L'università, gli esami, lo studiare assieme. La vita spensierata dello studente stava per finire. E i viaggi assieme agli amici? Ogni estate noi cinque facevamo un viaggio. Cosa avremmo fatto nei prossimi anni? E Greta? L'avrei ancora vista? Avremmo trovato lavoro, forse alcuni una famiglia. Ci saremmo persi di vista. Forse ogni tanto una malinconica e noiosa pizza insieme. Quelle rimpatriate nelle quali non si riesce mai a essere presenti tutti.

Per la prima volta mi rendevo conto di essere un uomo. Lo studente è alla fin fine un eterno ragazzo. Ecco perché molti rimangono all'università come assistenti. Rimangono catturati da quel mondo spensierato fatto di studi e scambi di idee. Già... il tempo era passato e i colori del mondo mi sembravano grigi e freddi.

Mi si allargò una piazza di fronte. Vecchie case tutte attorno irte di camini e tetti a punta. Era molto buio e c'era un sacco di gente. Feci per andarmene quando sentii della musica e gente che ballava. Mi misi in punta di piedi e dietro le teste vidi le faville di un fuoco acceso. Come quando bruciano la befana in alcuni paesi di campagna. Qua a Parigi non c'è da stupirsi che facciano festa tutti i giorni fino a tardi.

Spintonai un po' per uscire dalla piazza. Urtai un signore con una gamba sola.

I   "oh mi scusi"

Non mi badò nemmeno. Continuò a slacciarsi pantaloni tranquillo. Ma che fa? Gli spuntò da sotto la seconda gamba e si avviò verso la piazza. Fui io stavolta a essere spinto. E vidi ciechi che riacquistavano la vista, sordi che si chiamavano, zoppi che ballavano. Tutti gli infermi e i mendicanti ricevevano la grazia del miracolo non appena entravano in quella corte.

"le coësre! le coësre" tutti gridavano "le coësre!"

Allora mi spintonarono per fare largo a una banda di persone armate di stampelle "les cagoux les cagoux" al centro portavano su una improbabile portantina questo coësre. Cos'è la parodia del papa? Qua gli studenti universitari sono peggio che a Padova. Ma non sono in vacanza?

Spintonato seguii la processione. Davanti al fuoco ragazze vestite da zingare ballavano mostrando le loro grazie. Però mica male, sono pure carine. Il coësre venne posto a fianco del fuoco, in modo che tutti potessero vederlo. Molti si inginocchiarono.

Molti sono un po' vecchi per essere studenti però. Non solo fra gli spettatori. La puzza poi è oltremodo elevata.

Infatti c'era una puzza di sudore e urina imperante che impregnava l'aria. Più guardavo e più tutto prendeva la forma di un sabba infernale. Il fuoco, le gitane, i mendicanti che si prostravano e altri che si davano a danze inconsulte. Alcuni addirittura stavano bastonando altri che rimanevano a terra. Il tutto sotto il costante sguardo del coësre, che dall'alto del suo trono traballante, il viso deforme illuminato dal fuoco, dominava la piazza. Le faville che volavano sopra le teste di tutti. Le facce delle case che apparivano sparivano ai bagliori delle fiamme. Le orbite vuote delle finestre. Come tanti volti di titani sfigurati. Guardiani dell'orrore.

Cominciai ad aver paura. Ma dove sono finito? Cercai di allontanarmi attraverso la calca ma sentii la voce del re tuonare.

C   "VIENI AVANTI"

Impaurii ancor più e mi voltai.

Nello spazio lasciato libero di fronte al coësre si fece avanti una donna, non vecchia ma orrenda. Curva e grassa, il viso di una volgarità eccessiva, e un'astuzia crudele che non si peritava a nascondere nello sguardo.

V   "sono qui"

C   "sei qui fin troppo spesso"

V   "i miei affari vanno fortunatamente bene"

C   "di tutti i nostri affari i tuoi la voisin sono quelli che più mi dispiace vedere"

V   "mio sire..."

C   "BADA! questa è l'ultima volta"

V   "non ce ne sarà bisogno di altre mio sire"

C   "questa volta pagherai il doppio"

V   "ma... sire... avevamo un accor..."

C   "COSÌ HO DECISO altrimenti vattene subito"

V   "va bene sire... solo perché non ho tempo per arrangiarmi da sola ormai"

C   "e da oggi da sola arrangiati, non vogliamo più sapere nulla dei tuoi affari"

V   "ho sempre pagato"

C   "CON CHE ORO? sgozza preti se vuoi, sgozza nobildonne, derubale, sgozza pure tUTTI I TUOI BAMBINI MA NOI NON VOGLIAMO AVERE NIENTE A CHE FARE CON IL RESTO"

Un mormorio si alzò dalla gentaglia tutt'attorno. Alcuni si agitarono. Vidi il lucciare di un coltello.

V   "sire... non mettetemi in pericolo qui... nella vostra corte"

C   "tira fuori l'oro"

Si avvicinò all'orribile donna un uomo alto e fiero. Se non fosse stato per l'abito cencioso avrei detto dall'incedere che fosse un corazziere.

La donna porse una borsa. L'esattore contò velocemente da mano esperta le monete, poi fece un cenno al suo re.

C   "e ora, datele quanto ha comprato"

Si avvicinò una vecchia zingara, teneva tra le braccia l'involto di una coperta. Lo depose tra le braccia di quella che il re aveva chiamato La Voisin.

V   "ma... è prematuro, non durerà fino a domani"

C   "se hai da protestare vai da qualcun altro, e ora VATTENE"

La folla cominciò a urlare contro di lei.

V   "sire! sire..." si gettò in ginocchio

C   "non ti verrà fatto alcun male, stasera... ma se tornerai di nuovo qui dopo il calar del sole... ti bruceremo viva su quel rogo!" urla di giubilo tra la folla

V   "oh sire no, no io non vi ho mai delusa"

C   "MAI? VATTENE! ti ho detto di uccidere se vuoi, non è certo l'omicidio o l'infanticidio che fa orrore a questa corte" molte risa tutt'attorno

C   "VATTENE STREGA E NON TORNARE MAI PIÙ, VATTENE CON SATANA"

La donna ossequiosa fece un inchino, poi sembrò dire grazie e si allontanò velocemente mentre degli energumeni le facevano strada. Le donne le sputavano in faccia. Alcuni sussurravano: al rogo adesso, subito. Perché non la bruciamo adesso?

Avevo visto fin troppo, spintonai tra la calca e mi infilai nella prima stradina stretta. Incredibile quanto fosse buio. Per alcuni tratti avanzavo tastando le pareti. Per altri filtrava ancora la luce delle fiamme nella piazza. Mi misi a correre, per allontanarmi il prima possibile da tutta quella masnada di tagliagole. Non sarò tranquillo finché non guadagnerò una strada più larga.

Se non ho perso del tutto il senso dell'orientamento andando sempre in questa direzione dovrei raggiungere o per lo meno avvicinarmi al Louvre e alla Senna. Zone con strade larghe e bene illuminate. Piene di negozi e gente fino a notte tarda. Ma poi che ora era? Non trovo il cellulare. L'ho lasciato in albergo? Bene... se mi perdo per davvero non posso chiamare nessuno. Ma ecco.

La civiltà.

Negozi, anche se chiusi. Strade con aiuole. Gente ancora in giro. Turisti che si fanno la foto notturna. Qualcuno con la bottiglia di birra in mano. Mozziconi di sigarette per terra. La civiltà insomma.

Arrivai all'albergo stanchissimo. Salii le scale. Sentii la porta della mia camera chiudersi. Mi fermai all'istante. Qualcuno ancora sveglio? Non era allora così tardi. Aprii la porta piano. Buio. No nessuno era entrato. Mi infilai nel bagno senza fare nessun rumore. Ecco il mio telefonino vicino agli spazzolini. Sentii dei movimenti in camera. Qualcuno non riesce a prender sonno? Uscii poi dal bagno e cercai il mio letto. Gli altri due mi sembravano dormire come sassi. Sentivo attraverso il muro Greta e Vichi che parlavano.

Ecco chi non dorme! Le donne hanno sempre qualcosa da dirsi. Mettine due in una stanza ed è quasi impossibile che non intavolino una conversazione. Ma quanto vanno avanti?

Ero già sdraiato. Chiusi gli occhi. Non sentii più nulla.

Ma perché pure quando sono l'ultimo ad andare a letto sono il primo ad alzarsi? Il sole illuminava da fuori e gli altri due miei compagni ronfavano della grossa. Vabbeh sarà giusto così. Le donne dall'altra parte del muro avevano smesso di parlare, e dal silenzio che ne traspariva dovevano poltrire pure loro.

Ok diamo inizio alle danze. Andai in bagno cercando di fare più rumore possibile.

A colazione tutti ridevano e scherzavano. Più che il giorno della partenza sembrava quello dell'arrivo. Mentre riempivo il vassoio di fette di formaggio Vichi mi si avvicina e dice

V   "bella mossa ieri sera!"

I   "eh cosa?"

E mi fa l'occhiolino sorridendo.

Mi sedetti al tavolo taciturno. Tutti sorridevano con gli occhi lucenti.

A   "peccato non continuarla una settimana questa festa"

V   "una settimana sola amore?"

A   "facciamo pure una luna di miele di tre mesi allora"

G   "beh ma allora ci andate da soli"

S   "però tre mesi non sarebbero mica male"

G   "per placare i bollenti spiriti"

Stavo per avvicinarmi a Greta e suggerirle: fanno cariare i denti sti due. Ma mi ritrassi e cambiai discorso.

I   "chi guida?"

V   "andrea alla partenza, poi vi date il cambio"

A   "ma... decidi tu?"

V   "sì perché?" storcendo il naso scherzosa

G   "io sto dietro"

S   "facciamo come all'andata i morosi davanti"

G   "i morosi davanti!" guardandolo male

S   "intendevo..."

I   "sì dai così mi riposo un po'"

Greta continuava a guardare male Stefano, lui cercava di dirle qualcosa col labiale che non capii. Lei si mise a fare l'archeologa in fondo alla sua tazza di latte piena di croccantini. Chissà perché doveva alzarla all'altezza del naso. Che poi per scavarci col cucchiaio era costretta a tenere il gomito per aria.

Mi volsi verso Vichi e mi accorsi che stranamente mangiava. Come mangiava? Una fetta di dolce! Era finita la dieta?

I   "mancanza d'affetto?" indicando il suo piatto

V   "no guarda..."

A   "proprio no!"

G   "già proprio no LEI HA UN MOROSO andiamoooo e tu ci metti un'ora con quel formaggio" indicando me.

S   "finiti i croccantini?"

G   "da un pezzo" e si soffiò il naso col tovagliolo di carta. Poi lo gettò nella tazza dicendo
G   "tié così imparano, quest'albergo di merda"

Tornammo a prendere i bagagli in camera poi ci incontrammo nella hall. Mentre Andrea sbrigava gli affari con la reception mi avvicinai a Greta che guardava gli avvisi affissi al muro. Mi ero accorto che faceva finta. Mi ero accorto già di spalle che stava piangendo.
I   "che hai" sottovoce
G   "niente... passerà"
Le strinsi la mano. Lei me la strinse così forte da farmi male. Continuavamo a far finta di guardare i mille avvisi in francese. Sentii la sua testolina poggiarsi alla base della mia spalla.
G   "tu sei speciale" si asciugò gli occhi.
Poi staccandosi aggiunse
G   "perché tutti gli uomini non sono come te?"
Sarebbero soli pensai.
Montammo in macchina. Continuò a stringermi la mano sul sedile per molti chilometri.

La macchina proseguiva per la Francia sempre uguale. Il cd di Christina Aguilera girava nel lettore. Io guardavo fuori dal finestrino e Greta si era addormentata scivolando su Stefano.
A   "ma adeguarsi a cosa?"
V   "ma tenersi al passo coi cosi no?"
ma di che parlavano?
G   "con che altro scusa?"
ma Greta era sveglia? mi ero addormentato.
A   "a quali tempi? la chiesa è diffusa in tutto il mondo perché dovrebbe adeguarsi al tuo stile di vita e non ad un altro?"

V   "si da il caso che noi siamo quelli che hanno più libertà più cosi siamo i più cosi socialmente..."

A   "e perché non dovrebbe adeguarsi alle altre religioni? perché non adeguarsi a chi sgozza la figlia perché non vuole portare il velo islamico eh?"

V   "con te non si può mai parlare della chiesa mamma mia che DO COIONI! tócaghe i preti e no ha ghe capisse pì un casso" guardando innervosita fuori dal finestrino

G   "sì andrea non sapevo che eri così pretino"

A   "che fossi, si da il caso che i cristiani siano tra i più fortunati al mondo visto che hanno la religione più tollerante che non vieta praticamente niente"

V   "COME NON VIETA NIENTE"

A   "tra condannare un comportamento e vietarlo c'è una NOTEVOLE differenza nessuno ti proibisce di vivere con un uomo se vuoi ma tu prova a farlo in iran o in qualche paese arabo"

V   "ma la tua chiesa lo proibisce"

A   "lo condanna"

G   "sì andrea dAi questa è la guerra delle parOLE"

A   "non sono solo parole è una realtà io sono d'accordo che la chiesa dica l'ideale è QUESTO! poi si non caste tamen caute"

G   "che?"

A   "se non riesci ad essere casta almeno non fare tanta cagnara"

V   "e allora non fare cagnara proprio tu"

I   "pensa..."

G   "ma non dormivi tu?"

I   "mi son svegliato"

G   "era meglio quando guidavi tu e dormiva andrea i discorsi erano meno fondamentalisti"

I   "pensa..."

G   "ah scusa ti ho interrotto"

I "se mi lasci parlare!"

sorrise con tutti i denti allungando il collo come una bambina, poi mi guardò dolce come per dire: oggi lasciami fare. Le feci l'occhiolino, al volo lo fece pure lei.

I "pensa che gli ebrei hanno pure il divorzio e il preservativo"

G "noi siamo sempre un passo avanti"

V "a volte mi dimentico che sei cosa"

G "ebrea!... o giudea se preferisci"

I "dove son le tue stampelle?"

G sottovoce "gliele infilo su per il..." poi più forte "sono qua fra me e stefano, segnano il CONFINE"

CAPITOLO VENTIDUESIMO
dietro la maschera di velluto

Evey: Chi sei?
V: Chi... "Chi" è soltanto
la forma conseguente alla
funzione, ma ciò che
sono è un uomo in
maschera.
Evey: Ah, questo lo vedo!
V: Certo, non metto in
dubbio le tue capacità di
osservazione. Sto
semplicemente
sottolineando il
paradosso costituito dal
chiedere a un uomo
mascherato chi egli sia
(V per Vendetta 2005)

Parigi 1701. Erano passati molti anni. De La Reynie non era più luogotenente di polizia, ora si dedicava alla collezione di antichi codici e ingrandiva sempre più la sua già vastissima biblioteca. A settantasei anni veniva considerato un vegliardo.
Ma c'era una cosa che ogni tanto si insinuava tra i pensieri dell'ex luogotenente di ferro. Un giorno si avvicinò alla credenza decorata che il re gli aveva regalato alla sua pensione. Premette un fiore di madreperla e si aprì un cassetto segreto. Vi estrasse una vecchia lettera. Fece preparare la carrozza e si diresse verso la Bastiglia.

Si fece ricevere dal governatore, l'altrettanto vecchio Bénigne Dauvergne de Saint Mars.

R   "devo vedere il prigioniero della cella numero tre della torre della bertaudière"

SM   "credo vi servirà un permesso firmato per lo meno dal re"

De La Reynie porse una lettera che recava queste parole:

"il latore della presente ha il mio permesso di far visita al prigioniero che intenderà visitare"

R   "ora non mi dica che nella torre della bertaudière non c'è nessuno perché allora voglio visitare la cella vuota"

SM   "seguitemi"

Il governatore della Bastiglia accompagnò personalmente il vecchio poliziotto come molti anni prima. Arrivati alla porta della cella la fece aprire.

La cella era riccamente arredata e un letto a baldacchino faceva bella mostra di sé. Il prigioniero era seduto su una poltrona e suonava un liuto, non appena la porta venne aperta si fermò e alzò lo sguardo. Il volto era coperto da una maschera di velluto nero.

De La Reynie si fermò a guardarlo. Notò un cenno di stupore in quello sguardo dietro la maschera. Sapeva suonare il liuto? E perché tutti quegli onori?

I due si guardarono, nessuno sa cosa si dissero quegli sguardi. Poi de La Reynie si tolse il cappello in modo cerimonioso per salutare. La maschera di ferro rispose con un inchino del capo e si lasciarono senza aver scambiato nemmeno una parola.

Una volta nell'ufficio del governatore:

SM   "soddisfatto?"

R   "credo di sì"

SM   "ah de la reynie – prese la vecchia lettera – lei non è mai stato qui" e la bruciò sulla candela.

La maschera di ferro morì il 19 Novembre 1703. Il contenuto della sua cella fu subito distrutto e il funerale si svolse il giorno dopo con la presenza del de Saint Mars. Venne sepolto col nome di Marchioly ma altri dicono Marchiali o Marchialy. Molte furono le ipotesi sulla sua identità e molti gli scrittori che ne fecero il personaggio di un romanzo. Ancora oggi il suo vero nome rimane avvolto nel mistero.

CAPITOLO VENTITREESIMO
vespero

non è forse strano che le prime streghe vengano ricordate come le seguaci di Diana, e la stella Diana sia nel dolce stil novo il pianeta Venere, ricordato come Vespero la sera, e Lucifero al mattino?

G   "ECCO! lo sapevo che ci cascavo succede SEMPRE così, io casco SEMPRE sul parco della vittoria SEMPRE"

A   "se mi dai quello celeste te lo pago io"

G   "non ci penso nemmeno per sogno"

I   "se lo dai a me ti abbono il debito" nemmeno il tempo di finire la frase che Greta aveva già preso bastioni gran sasso e l'aveva messo tra i miei contratti.

A   "così hai concentrato il potere"

G   "l'importante è che tu non ti faccia le case e poi gli alberghi"

A   "ma perché?"

G   "perché dopo quando ci casco mi tocca pagarti ANDREA!"

A   "ma che te ne frega facciamo un affare entrambi che discorsi fai..."

G   "no tu che discorsi fai basta mi dai fastidio e poi io a sto gioco perdo sempre"

A   "questo non è un gioco di competizione..."

G   "sì che è di competizione cosa dici? allora non hai capito niente di sto gioco vince chi manda in rovina gli altri"

A   "ma non è così"

G   "e tu stai mandando in rovina TUTTI – sotto voce verso di me – lui vince sempre a sto gioco dobbiamo allearci contro di lui"

A   "ho una proposta"

Greta mise le manine bianche sopra i suoi pochi soldi

S   "le to solite proposte del cavolo sté a sentire"

A   "no le xe proposte del cavolo sentì qua: i schei a la fine del xiogo..."

G   "parla in stampatello che voglio capire dove sta la fregatura"

A   "a fine giuoco – guardandola di tre quarti come per dire guarda come sono bravo – i soldi in circolazione sono di più di quelli all'inizio"

S   "no xe vero!"

A   "sì ch'è vero! parla in stampatello"

G   "no che non è vero"

A   "vuoi contarli adesso?"

I   "sì sì è vero" guardando Greta. Mi guardò stupita per avere conferma. Bastò annuire con convinzione. Fece una smorfia per dire non l'avrei mai detto.

A   "allora... alla fine son di più, questo vuol dire che ci possiamo arricchire tutti"

S   "come" dubbioso

A   "semplice, quando uno cade su una casella pagano tutti quanti"

G   "non ho capito niente"

S   "così nessuno guadagna niente anzi diventiamo tutti più poveri"

I   "no non è vero, l'incasso va comunque a chi è il padrone del terreno giusto?"

A   "giusto si divide solo la spesa"

G   "non ho capito niente"

A   "ascolta..."

G   "NO No no no nono... tu e le tue idee giochiamo come al solito ste robe complicate che non si capisce niente e poi ci guadagni solo tu che hai più soldi di tutti"

A   "macché..."

G   "nononono" scuotendo la testina

S   "lassa perdare" spostando l'aria con la mano.

A   "oh... non son mai riuscito a fare sta roba"

G   "chiediti perché"

A   "perché chi è povero a volte si merita di esserlo"

G   "sei uno sporco capitalista di destra fascista"

I   "sapevi di essere tutte ste robe?"

A   "in questo gioco saltano fuori tutte le cattiverie e le gelosie da commercianti, chi fa soldi lo fa perché è un ladro! persino in un gioco dove NON SI PUÓ rubare"

G   "tu hai fatto soldi con i nostri soldi"

A   "ma... gli affari si fanno SEMPRE in due io non ho mai fatto proposte svantaggiose"

G   "così però tu sei diventato il più ricco"

A   "e con questo? non ho fatto torto a nessuno"

G   "SÍ perché dopo tu hai costruito le case gli ALBERGHI"

I   "fa parte delle regole non ha mica imbrogliato..."

G   "non sto dicendo che abbia imbrogliato"

I   "lui in effetti ha sempre fatto scambi vantaggiosi per tutti ti ha dato due giAlli per quello marrone"

G   "ma lUi faceva terna!"

A   "anche TU ci hai guadagnato"

G   "non vuol dire niente"

A   "in questo gioco se vede i affaristi veri e queli che ferme el progresso"

I   "che intendi?" mi mancavano i discorsi escatologici con Flavio

S   "voemo scominsiare a xógare?"

A   "quelli che fanno girare i soldi indifferentemente da chi diventa IL PIÚ ricco, basta fare soldi in questo gioco BISOGNA FARE SOLDI che te ne frega se li fanno anche gli altri? non conviene a nessuno mandare in rovina nessuno perché così non avrebbero di che pagarti"

G   "è lo scopo del gioco mandare fuori gli altri"

S   "APUNTO"

A   "MANNÒ non è così io ti avrei dato un sacco di soldi per bastioni gran sasso così io potevo continuare a costruire case e tu avevi i soldi per fare quello che volevi ANCHE pagarmi quando caschi da me perché no?"

G   "ECCO VEDI sei un mostro mi tieni in vita per spennarmi"

A   "si capisce alla partenza chi resterà povero e chi diventerà ricco"

S   "dai contratti che uno ha"

A   "NÒ dal MODO che uno ha di scambiarli se uno si tiene stretto stretto quel poco che ha senza farlo fruttare avrà sempre quel poco finché non sarà costretto a vendere pure quello"

I   "che poi qualcuno che gli fa pena non gli paga i debiti"

A   "ecco"

S   "a chi tocca?"

I   "a me"

S   "e cosa aspetti a tirare?"

I   "la discussione era interessante"

G   "oOH.. tiraaaaa che finiamo sta partita tanto tra poco vado via"

S   "dove devito andare?"

G   "MA VADO VIA NEL SENSO CHE VADO VIA DAL GIOCO non ho più un niente"
S   "non segui i consigli di andrea"
G   "ma vaA a cag... che belli i dadi di legno"
A   "ah ah ma vacagche belli i dadi di legno"
G   "sì è spaziale sto monòpoli era di tuo nonno?"
A   "di mio papà c'è pure scritto brevettato"
I   "guarda che bene che son disegnate le stazioni"
G   "sono bellissime perché le hanno cambiate?"
A   "alcune cose più si va indietro più sono fatte bene"
S   "ecco a te piacciono solo le robe vecchie"
G   "QUESTO MONÒPOLI È BELLISSIMO!" alzando la mano come per giurare
S   "massì a xe beissimo è che lui è così con tutto"
A   "solo con certe cose"

Inutile dire che Greta fece bancarotta subito dopo, e poi come succede in tutte le partite non si continuò a giocare ma si contarono i soldi. Ovviamente vinse Andrea.
G   "voglio proprio vedere se son di più di quando abbiamo cominciato!"
I   "SÌ SÌ sono molti di più"
S   "sì è vero"
G   "sì...?"
A   "OEH guardali!"
G   "m..." come per dire sì dai per questa volta. La verità è che erano molti molti di più. Quindi Andrea aveva ragione. Dal punto di vista matematico la cosa mi interessava. Con Flavio avrei iniziato una discussione che non sarebbe più finita, e Greta sarebbe rimasta ad ascoltarci incantata. Forse...
Chi ha ideato quel gioco l'ha pensato davvero bene. Nulla è a caso. Anche il discorso di Andrea era interessante, si capisce perché quando viene uno da un altro paese e

diventa ricco tutti lo guardano male come se avesse loro rubato i soldi. È arrivato senza niente, quindi è diventato ricco coi soldi nostri... Nessuno pensa che anche lui ha concorso a portare ricchezza. Se uno diventa ricco non si compra più i vestiti da poco ma quelli costosi. Ecco che anche il negozio di vestiti fa migliori affari. Ecc ecc. ma nel Monòpoli si è tutti imprenditori, quindi tutti rivali, moralmente rivali. Non si riesce a fare una cooperativa come diceva Andrea, le gelosie e le invidie sono troppe. È vero: in quel gioco emergono tutte le cattiverie perché tanto è solo un gioco: non si diventa mica poveri per davvero.

Eppure... si potrebbe diventare tutti più ricchi di quando si ha cominciato... interessante. Forse se anziché essere soldi fossero qualsiasi altra cosa funzionerebbe. Ma con i soldi no. Anche se sono finti.

I soldi tirano fuori quanto c'è di peggio negli uomini.

Continuavo a camminare per le vie del ghetto di Padova diretto verso il Santo. La nebbia s'infittiva e non avevo nessuna voglia di tornare a casa. Non era tardi e la birra che avevam bevuto era particolarmente buona. Ma non c'era un lampione qui una volta? È sempre stato buio sto vicolo? Sentii dei passi in lontananza. Mi fermai.

Silenzio.

Ripresi a camminare. Passi nell'oscurità. Mi fermai di nuovo.

Silenzio.

Non nascondo che ebbi un certo timore. Ripresi a camminare facendo doppia attenzione. Ma no! Era la borsa che strusciava addosso ai miei pantaloni. Ora distinguevo chiaramente il rumore vicino a me. Che strano che un rumore prima di identificarlo sembri provenire da un'altra parte... come i particolari a lato del campo visivo, che prima di voltarci ci sembrano a volte una cosa completamente diversa.

Sentii qualcuno piangere. Questo era diverso. Un gatto? No qualcuno singhiozzava.

Superato l'angolo vidi un bambino in mezzo al vicolo. Sporco con le mani in bocca. Spuntò da una porta una donna adirata. Il bimbo cercò di fuggire ma non troppo convinto. La donna lo prese per un braccio rimproverandolo e con uno strattone lo tirò dentro in casa mentre questo scoppiava in lacrime. Nello stesso istante udii un vetro rompersi all'altro lato della strada.

Camminai più in fretta. L'oscurità era fitta. Un ragazzo vomitava sul marciapiedi mentre un suo amico lo sosteneva. Va tutto bene va tutto bene continuava a dire. Macché tutto bene non vedi che sta male? Diceva un altro. E che devo fare? Aiutalo a sedersi. E adesso? Così si vomita addosso. Rimettilo com'era prima.

A stento si reggevano in piedi tutti e tre. Mi sembrvano ubriachi fradici. Come si fa a ridursi così? Che ci trovano di divertente a ubriacarsi? Mi facevano anche un po' di paura e tirai dritto. Sbattei contro una donna, che mi guardò con gli occhi pieni di lacrime. Magra ed emaciata. D'istinto mi tirai indietro ma non seppi perché. Era inoffensiva. Di colpo si mise a ridere d'una risata sguaiata mostrando i denti marci. Ma tutti a me stasera. Niente passeggiata torniamo dritti a casa. Cambiai lato della strada e accelerai. Sentii altri rumori di fronte a me. La madre di prima stava picchiando furiosamente il bimbo. Altre persone stavano a guardare borbottando tra loro. Il bimbo piageva disperato mentre la madre continuava a colpirlo. Non sapevo che pensare, lo schifo mi paralizzò per un istante quando mi avvicinai tra le persone indifferenti.

Bastaaaa. Disse un uomo. Ma che fai è solo un bambino. A te che te ne frega! I due rimasero per un attimo a guardarsi finché l'uomo non la colpì con un pugno facendola cadere a terra. Lei si voltò con la bocca insanguinata bestemmiando. Lui non contento iniziò a prenderla a calci senza pietà. Mi veniva da vomitare, avrei voluto intervenire ma mi poggiai al muro e con una mano alla bocca tentai di trattenere i conati. In quel momento una bottiglia scoppiò poco vicino a me. Tra urla e bestemmie la donna che prima era a terra mi malediceva urlando.

Corsi via a perdifiato.

Ma che succedeva? Dalle finestre risate che si mescolavano a pianti incontrollati. Nei vicoli prostitute venivano violentate da gruppi di uomini. Abbiamo pagato tutti adesso tocca a me puttana. Un uomo cacava con le brache calate in mezzo alla strada. Beh che hai da guardare ti piace la merda? Un altro seduto sul marciapiede leccava una bottiglia di birra. La ruppe per leccare la parte interna dei cocci. Uno si masturbava mentre guardava una coppietta fornicare sotto un portico.

Sembrava di camminare nella fogna dell'umanità.

Rividi la prostituta mentre ingoiava il denaro. Aprile la bocca a questa troia. Ma lei stringeva i denti e ingoiava mentre la picchiavano. Un altro la prendeva da dietro. Sì mettiglielo in culo. E spingeva e lei guaiva.

Non dev'essere sembrato tanto diverso il mondo a Cristo quando venne per la prima volta.

Volevo piangere, volevo fuggire. Le suole strisciavano sul selciato. Un uomo disteso a terra tra le convulsioni si vomitava addosso. Uno sparo! Atterrito mi voltai, occhi vitrei e spalancati, la testa squarciata e le cervella sparse sul muro. I soldati in piedi perché il fango era alto fino alle ginocchia. Uno cadeva dal sonno in mezzo alla melma mista a putrefazione e sangue. Gas! Alcuni si contorcevano posseduti da violente convulsioni. Vomitavano sangue nella maschera a gas messa troppo tardi. Sparagli sparagli fallo morire subito. Che altro mi aspettava? Chiunque mi tiri fuori di qui. Non m'importa più tornare a casa. Portatemi via da qui.

Sentii prendermi a braccetto, mi voltai. Riconobbi subito i suoi occhi verdi.

L   "lasciamo stare questi commedianti, vieni con me"

I   "ancora tu? ma cosa vuoi da me?"

L   "sei tu che mi chiami non lo sai? non vengo mai senza invito"

Non sapevo se dovevo averne terrore, eppure mi piaceva, era bellissima e camminarle a fianco mi rendeva orgoglioso. La sua bellezza mi legava al suo braccio più che una morsa.

I   "dove mi porti?"

L   "dove vuoi veramente andare" il suo sguardo mi penetrò attraverso come fossi fatto di cristallo. Il suo collo bianco, la sua spalla nuda. Quale altare sacrificale più bello del suo corpo per immolarsi! I suoi capelli rosso fuoco mi incatenavano e io mi lasciavo incatenare.

Mi guardò di nuovo, sorrise come se avesse letto i miei pensieri.

Uscimmo in giardino e ci inoltrammo tra gli alberi. Il fiato usciva fumo dalla mia bocca. La neve cominciò a contare i nostri passi.

Vidi il tetto di una piccola casa e al di là i campi coperti di bianco. La porta si aprì da sola. Le stelle ignare brillavano lassù.

Trovai la porta aperta. La casa era piccola, sul limitare del bosco.

I   "posso entrare?... fa freddo fuori ed è notte"

La stanza era illuminata solo dal camino acceso. Pochi mobili poveri erano disseminati nella stanza. Bottiglie e libri da per tutto. Il gatto nero mi guardava di sottecchi e si avvicinò facendo le fusa.

La vidi scendere dalle ripide scale. La tunica di tela, povera ma di buona fattura. La cintura di cuoio attorno alla vita stretta. Il passo leggero. I capelli carota davanti al viso bianco.

Occhi verdi dietro...

M   "fai pure con comodo"

I   "oh mi scusi ho trovato..." l'altra non c'era più.

M   "ti aspettavo"

Era molto bella, quasi somigliante all'altra ma non altrettanto. Magra e aggraziata. Lo sguardo più tagliente del volto. Mi avvicinai al camino, era caldo e accogliente e io ero infreddolito.

Mi venne di fronte. Il fuoco mi impediva di scorgere il viso in controluce. I suoi occhi brillavano come le fiamme dietro a lei.

M   "tu hai una cosa che mi appartiene"

I   "cosa..." a bassissima voce

Mi si fece più vicina. Era più bassa di me e alzò il capo. I capelli carota si aprirono davanti al viso. Si accostò ancora di più. Non potevo muovermi.

M   "dimentica..."

I   "non capis..." ormai era a contatto, sentivo il suo corpo sul mio.

M   "dimentica" sentivo il suo fiato, era caldo. Perché me ne stupii?

Il suo viso vicinissimo al mio, i suoi capelli mi toccavano. I suoi occhi da felino cercavano tra i miei. Avrei voluto allontanarmi o stringerla ma non potevo fare né l'una né l'altra cosa. Eppure non era bella come l'altra.

M   "dimentica" mi baciò. Le sue labbra erano morbide e calde. Eppure l'unica cosa stupida che pensai fu: "perché l'altra non fa mai così con me?" Si allontanò di scatto. Le fiamme dietro di lei. Se ti spogli magari... anche se non sei l'altra... Alzò una mano per schiaffeggiarmi ma si fermò.
M   "vieni"
La guardai
L   "viENI"
La strinsi, mi si avvolse sinuosa.
Le baciai il collo, la spalla nuda. Volevo strapparle quel vestito bianco!
L   "siÌ!"
La strinsi ancor più forte e la baciai sulla bocca. Iniziò a ondeggiare quel corpo bellissimo strusciandolo sul mio come una sirena. Provai a tirarla giù ma lei non cedette. Allora la spinsi addosso al tavolo. Cadde un libro. Lo riconobbi
Il Voynich!
Ma... ma... che ci faceva lì?
Mi staccai da lei e la spinsi via con un braccio gridando
I   "VADE RETRO!"
M   "NOO!" urlando come se l'avessi bruciata
I   "chi... chi sei tu?"
Mi voltai spalancai la porta ma inciampai in quella riverso nella neve. Lei era in piedi dietro a me.
I   "chi sei?"
M   "io sono un servitore della stella del mattino"
Si chinò su di me
I   "cosa vuoi?"
M   "solo ciò che è mio"
Feci per rialzarmi ma lei si stese su di me, mi passò una mano sulla fronte e sussurrò:
M   "tutto quello che sai è sbagliaatoo..."
Sul palmo della mano aveva una profonda bruciatura.

Poi non vidi più nulla.

Le stelle ignare brillavano lassù.

CAPITOLO VENTIQUATTRESIMO
il regno delle ombre

Unguento, unguento,
mandame a la
noce di Benivento
supra acqua et supra ad
vento
et supra ad omne
maltempo
(formula usata dalle
janare di Benevento)

La testa mi doleva. Ma avevo dormito? Ma dov'ero? Non era il mio letto.
Ero su un materasso steso sul pavimento. Ma dove cazzo ero?
...
...no...
mi alzai piano.
Camminai nell'oscurità. La parete. La porta, sì era lì. L'interruttore.
Luce!
La camera di Alessandro! Che ci facevo lì?
Quello era l'anno scorso! Quello era un ALTRO incubo!
Un "altro" incubo... perché ho pensato un altro? Ovvio cos'è questo se non un incubo? L'unica domanda è un altro o lo stesso?
Rabbrividii.
Uscii in fretta. Corridoi bui, scale, via Marzolo. Notte...
Tornai a casa il più in fretta possibile e senza far rumore andai in camera mia e mi gettai a letto.

Guardai mille volte la data sul telefonino, corrispondeva a oggi e non a un anno fa. Ma mi sentivo come un povero illuso che ha un carnefice che ride alle sue spalle.

Dalla stanchezza mi addormentai e non ebbi alcun sogno.

Il vetro si ruppe con uno schianto. Il gomito mi doleva ancora. Dovevo stare attento a muovermi perché le lame trasparenti erano tra le lenzuola.

Poi iniziai ad avere coscenza di me stesso. Non c'era nessun vetro nel mio letto, ma continuavo a non muovermi, come se avessi ancora qualche dubbio. La sveglia suonò e allungando il braccio la spensi. Con l'altra mano tastai se le lenzuola erano libere. Non c'era nessun vetro rotto pronto a tagliarmi.

Non era la cavallina frustata a sangue di Raskol'nikov né la notte di cannoneggiamenti di Nikolaj Michailovich. Era solo un sogno strano e niente più.

Ma non ci credevo...

Una simmetria era stata rotta e adesso non ne conoscevo le conseguenze.

Era un sogno anche il risveglio al collegio Marzolo? Che stupido dovevo portare via qualcosa dalla stanza! Ormai...

Andiamo a lezione che quest'anno ci si laurea.

Feci la strada frastornato mentre non riuscivo a pensare niente per più di due secondi di seguito. Arrivai davanti alla turba di fumatori davanti all'aula studio. Ma questi cominciano fin dal mattino presto? Dentro c'erano i posti occupati dalla strana coppia. Avevo bisogno di parlare con qualcuno. Dopo vado da Andrea a Meccanica.

Sentii battermi la spalla.

Greta!

I   "che Bella che sei!" lo dissi con trasporto come se avessi visto un angelo

G   "come mai qui?"

strano non mi ha detto grazie

I   "perché me lo chiedi"

G   "il lunedì non sei mai qui" sedendosi assieme ad un'altra ragazza

e chi è questa?

I   "lunedì... ma ho lezione!"

G   "stai poco bene?"

la guardai di colpo!

non ti trasformerai in qualcosa di mostruoso vero?

G   "scusa erika il mio amico deve aver visto un fantasma"

disse proprio così?

I   "erika! ciao"

E   "molto piacere, spero tu sia più loquace di solito"

G   "ti va di prendere qualcosa?"

I   "aspirina?"

G   "SÌ IL VIAGRA! un caffè così ti svegli un po'... scuusalo erica DAI ANDIAMO"

E   "un po' di viagra non ti farebbe male"

che simpatica!

Uscimmo mentre mezza aula studio si lamentava del volume di voce di Greta.

Andammo fino al bar davanti al Selvatico perché Greta non voleva mangiare niente dai cinesi là vicino.

G   "chissà che schifezze ci mettono dentro"

E   "una volta ad una signora ch'era andata al ristorante cinese è rimasto una cosa fra i denti e quando gliel'hanno tolta dalle analisi è risultato ch'era un osso di TOPO!"

G   "CHE SCHIFOOOO brrrr non voglio andare al ristorante cinese neanche morta! ricordatemi di non accettare nessun invito ai risporanti cinesi"

I   "ma da quando si fanno le analisi a quello che ti rimane fra i denti?"

G   "cosa prendi?" guardandomi con un fare che significava: non darle troppa corda

I   "un caffè"

E   "io un orzo con zucchero di canna"

G   "io ho fame" guardando i tramezzini

Inutile dire che lei s'era pappata il tramezzino prima che io arrivassi alla seconda sorsata.

E   "oh ma lo mastichi quel caffè? sei lentissimo!"
ma fatti gli affari tuoi

G   "sì lui beve un sorso e lo digerisce poi ne beve un altro e lo digerisce"

I   "ricordatevi che siete voi che avete torto a mangiare in fretta e io ragione a..."

E   "non stai mica mangiando"
mi era sempre più simpatica

Si mise a parlare con Greta come se io non ci fossi, di studio e lezioni, facendo capire che io ero troppo lento e che lei doveva andare. Tirò fuori il portafoglio dalla borsa.

I   "no lascia stare"

E   "MA NEANCHE PER IDEA" e pagò il conto

E   "grazie molto piacere" e fece per trascinare Greta via con sé ma questa si divincolò, fece due passi veloci verso di me

G   "a dopo" sorridendo dolce

I   "a dopo greta" ci sfiorammo le mani

Mentre uscivano sentii l'ennesimo commento della simpaticona nei miei confronti. Rimasi da solo a bere il caffè ch'era comunque troppo caldo. Ma loro non si scottano?

Tornato in aula studio feci su la mia roba in fretta e furia. Avevo bisogno di parlare con una persona razionale. Ossa di topo! Se si facessero analisi di tutto quello che ti rimane incastrato nei denti sai che sorprese ne verrebbero fuori? A partire dalla roba vegana o biologica. Che non ho ancora capito perché si chiami così.

Camminavo quasi correndo sotto i portici di via Belzoni.
Scansavo i vari studenti che mi trovavo via via davanti.
Quando...
vidi la copisteria che usavo da anni. A sinistra c'era una
viuzza. Lastricata con sassi antichi.
Ma da quando era lì?
Vicolo Santa Maria Iconia...
Completamente disorientato e un po' timoroso superai i
due paracarri che stavano all'inizio del vicolo. Lo percorsi
tutto. Spuntai in una strada che conoscevo molto bene:
via Santa Maria in conio. La facevo sempre per tagliare dal
Paolotti fino al Portello. Chissà perché stavolta ero volato
per via Belzoni.
Ma quel vicolo... da quanto era lì?
Non lo avevo mai visto.
Tornai indietro e lo percorsi a ritroso. Sì la copisteria era lì
dov'era sempre stata. I portici, la città, tutto era al suo
posto. Ma da sotto un portico nasceva quel budello che
incredibilmente si mostrava solo ora dopo anni. Forse
non l'avevo mai visto perché non interrompeva la fila di
portici.
Quando sei di fronte all'inverosimile ti aggrappi alla
giustificazione più stupida. Comunque sia andiamo a
Meccanica a vedere se c'è Andrea.
Raggiunsi il dipartimento. Ingegneria Meccanica, un
frammentato dipartimento di cemento colorato di giallo
foglia appassita. Circondato da alberi non era neanche
troppo brutto.
Salii le scale in fretta. Uno. Due piani. Girai a sinistra.
E mi fermai.
Dov'era l'aula? Andai avanti attento.
Ma!
Ero al terzo piano! L'ex polo di calcolo era davanti a me!

Ho fatto un piano in più... di nuovo! Ma che mi succede? Guardai attentamente. Eh sì. Era l'aula vuota dove un tempo Andrea aveva studiato AutoCad.

Scesi le scale ancor più disorientato. Contai i piani fino al pianterreno. Tre. Giusto.

Giusto un corno! Io ne ho fatti due salendo! O non mi sono accorto di farne uno in più... Mi allontanai dalle scale e andai verso la bacheca degli annunci comprovendo.

A destra vedo Andrea che incide uno dei pannelli di legno del muro con la punta metallica di una matita.

I   "che fai?"

A   "ah ciao! è tradizione quando si supera scienza delle costruzioni!"

Questo pannello esiste davvero, è sulla destra nel corridoio a sinistra appena entrati. Alcuni studenti hanno inciso il loro nome non appena superato il difficile esame. Se nessuno lo ha sostituito trovate anche il mio: secondo della lista.

A   "ma tu che ci fai qui?"

I   "hai fatto adesso l'esame?"

A   "se non fai scienza delle costruzioni non sei un vero ingegnere! devo dirlo a stefano ah ah!"

I   "gli elettronici non lo fanno?"

A   "ma che vuoi che facciano gli elettronici! intanto studiano dalla parte sbagliata del piovego e questo la dice lunga, usciamo"

Usciti la luce mi abbagliò. Con una mano mi riparavo la fronte.

A   "chissà se c'è posto in aula studio"

I   "ci sono i nostri soliti posti"

A   "erano liberi?"

I   "no li hai occupati tu e stefano"

A   "no li hanno occupati degli altri noi non andiamo mai lì di lunedì, comunque oggi ho fatto un esame non ho voglia di studiare"

I   "sarebbe sacrilegio!"

A   "andiamo da stefano"

I   "dov'èe?"

A   "sarà a casa no?"

I   "vuoi andare a cavarzere?"

A   "MANÒO sta qua al portello non ricordi? per stringere i tempi si è preso una camera, ha paura che io mi laurei prima di lui" fece un sorriso da willy coyote quando si crede furbo

Non ci frequentavamo mai così spesso durante le lezioni, ma forse la paura di perderci finita l'università faceva sì di cercare ogni scusa per incontrarci.

A   "magaric'èpuregreta" a bassa voce

I   "Greta?"

A   "sì è sempre là"

Arrivammo sotto i portici di via Portello, imboccata una via sterrata laterale Andrea suonò ad un campanello. Saliti sulle scale fu proprio Greta ad aprirci.

G   "ah siete voi, che fate qui?"

A   "ho appena passato scienza delle costruzioni"

G   "bravisssimoo"

A   "c'è stefano?"

G   "no ma chi se ne frega ci sono io no?"

Entrammo in una cucina angusta, c'erano ancora i piatti di quattro studenti lasciati là. Greta si mise a sparecchiare.

G   "accomodatevi non c'è niente da bere"

I   "non importa"

Cominciavo a sentirmi un pesce fuor d'acqua persino con i miei amici. Forse era giusto che il tempo passasse e perdersi ognuno per sé. Scacciai subito questo brutto pensiero. Guardai Greta così bella e pensai che non avrei mai voluto perderla. Anche se era nella casa di Stefano.

G   "io non ho studiato niente oggi quella scema scuuuuusala – rivolta a me – a volte è un po' diretta ma non è male come persona"

I   "chi? la simpatica? non farci caso"

G   "quella scema ti dicevo aveva tanta fretta e poi mi ha fatto perdere un mareeeea di tempo!"

Si lasciò cadere sulla sedia davanti a noi con un tonfo. Poi sorridendo:

G   "lo so sono solo scuse per non studiare hi hi no DEVO voi vi state laureando e io oh no sono una frana infinita ho sbagliato tutto"

I   "ma no greta dai"

A   "xe ora che ti te daghi 'na mossa"

G   "hai ragione andrea! andate via che devo studiare"

I   "dici sul serio?" facendo il gesto di alzarmi

G   "ma no scherzo dai siediti che fai"

A   "una volta tanto che studiava"

G   "hai ragione andatevene"

A   "dai andiamo" tirandomi per un braccio

I   "ok noi andiamo"

G   "andate via davvero? ma così mi sento in colpa"

I   "se studi non ti senti più in colpa"

G   "ma non studierò mai ormai dovete rimanere e sentirvi in colpa voi per non avermi fatto studiare"

A   " 'NDEMOO!"

Titubai per un attimo.

A   "bon mi vago" e se ne andò veloce.

I   "è andato via sul serio"

G   "rimani" la guardai

Era seria, era tristissima quasi in lacrime.

G   "TU rimani"

Significava almeno tu nell'universo non lasciarmi sola.

Mi sedetti lentamente e le presi la mano.

I   "qualcosa non va?"

Guardò le nostre mani per qualche lunghissimo secondo, gli occhi le si bagnarono di lacrime che poi scesero lungo la guacia. Mi misi accanto a lei e poggiò la testa sul mio braccio scoppiando a dirotto.

La strinsi forte.

I   "ti voglio bene"

Mi guardò con due occhi lucenti come non ne vidi mai

G   "anch'io ti voglio bene"

Si rimise composta ma mi strinse ancor più forte la mano.

G   "lo sai che alloggio in un collegio ora?"

I   "in un collegio? ma abiti qui a padova"

G   "sì ma a casa mia è impossibile studiare se non mi isolo non ce la farò mai, i miei mi stressano tutti i giorni ho cambiato mille facoltà senza concludere nulla... voi vi state laureando e io sono al primo anno di lettere e cartoline NON DIRE CHE È UNA FACOLTÀ DA FEMMINE!" sorridendo

I   "l'ho detto solo di biologia"

G   "so come la pensi delle facoltà umane, fortuna che adesso ci si laurea in tre anni"

I   "dov'è che alloggi?"

sapevo benissimo che non era per quello che stava piangendo.

G   "vicino al paolotti alla casa di ippolito nievo"

I   "è un collegio? quella con la tabaccheria sotto?"

Mi guardò corrucciata

G   "tabaccheria? macché ho capito che casa intendi mannò dall'altra parte dell'albero gigantesto, ci sono delle vecchie case gialle sono tutto collegio femminile, mi sembra a volte di essere in un convento di novizie"

I   "chissà cosa succede nei collegi femminili"

G   "non immagini è un puttanaio"

I   "immagino immagino"

G   "sei un po' strano sai? ti senti bene?"

I   "beh..."

G   "stai poco bene? MISURATI LA FEBBRE" e si alzò

I   "ma no dai sto bene in salute"

Mi guardò severa puntando il dito

G   "dimmi... come... s..."

I   "ti ricordi mont saint michel?"

non so perché glielo chiesi, non volevo parlarle dei miei problemi proprio quando era lei ad avere bisogno di me, sarà stato ch'era vero che non ero normale, sarà stato che volevo cambiare discorso.

G   "sì"

I   "son sempre stato con voi?"

G   "che intendi?" si sedette lentamente guardandomi fissa

I   "sono sempre stato assieme a voi? ricordi che siamo scesi io e te e poi si è aggiunto stefano?"

G   "in chiesa? sì ricordo"

I   "EH!... edopo?"

ci pensò su poi mi guardò indagatrice

G   "cosa stai cercando di chiedermi?"

Le dissi tutto. Se non mi confidavo con lei con chi l'avrei potuto fare? Lei che aveva visto l'Ombra doveva credermi.

G   "ce l'hai quella foto?"

I   "quella che ho scattato nell'oscurità? sì ce l'ho nel computer"

G   "mandamela via mail"

I   "perché? non si vede niente chissà cos'ho puntato"

G   "ti mostro io una foto!" quasi arrabbiata.

Mi fece entrare in una camera, c'era il suo portatile Toby su un letto. Che ci faceva lì? Abitava con Ippolito Nievo o con Stefano?

Ci sedemmo sulle lenzuola sfatte. Toby su una gamba per ciascuno.

Fece scorrere mille immagini nell'iPhoto per fermarsi sullo scatto che si era fatta davanti alla casa di Nicolas Flamel.

G   "guardala"

Non ci trovavo nulla di strano: qualche filo elettrico a penzoloni la porta verde con i vetri ricoperti di adesivi.

I   "eh che ha di strano?"

G   "guarda questa"

Aprì un file che teneva dentro a documenti, la casa era la stessa ma evidentemente restaurata e messa a nuovo, molto più pulita, le porte non erano più verdi di metallo ma marroni di legno, mancava la scritta al primo piano.

I   "l'avranno rimessa a nuo... che stai cercando di dirmi?"

G   "guarda qua!"

Accese internet, google map, digitò: Parigi Nicolas Flamel, street view!

La casa era nuova...

G   "ORA!... COME FACCIAMO QUEST'ESTATE AD AVER FOTOGRAFATO LA CASA COM'ERA ANNI FA?" terrorizzata

G   "GUARDA!"

Fece una ricerca in Trip Advisor e gli ultimi commenti erano accompagnati da foto che mostravano il ristorante messo a nuovo.

Scossi la testa inebetito.

G   "i nostri incubi sono VERI! SONO VERI DANNATAMENTE VERI!"

Mi strinse fortissimo e si mise a piangere.

G   "ho paura! ho paura aiutami!"

I   "sono qua Greta, io non ti lascerò"

G   "lo so, so che tu non mi lascerai E GUARDA QUI
- aprì un'altra immagine – è la casa com'era qualche secolo
fa"

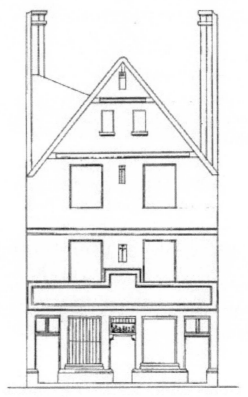

Façade de la maison au XVIII' siècle.

G   "ti ricordi com'era la soffitta quando siamo saliti di
nascosto?"
non feci in tempo a rispondere che aveva già spostato le
finestre nel computer e aperto le sue foto. Mostravano
una soffitta alta con il tetto a punta.
G   "vuoi sapere com'è il terzo piano ora?"
I   "non voglio saperlo"
G   "è PIATTO non è a punta!... perché tutto questo?"
Spense Toby e lo poggiò sulle lezuola.
G   "ti faccio un caffè così parliamo"

Tornati in cucina io mi sedetti al piccolo tavolo, lei mi dava le spalle mentre trafficava con la moka.

I   "hai mai visto una donna dagli occhi verdi e capelli spettinati color carota?"

I pezzi della moka caddero a terra in un fracasso terribile. Il filtro rotolò fin sotto ad un mobile ma Greta non si mosse. La guardai fisso.

I   "greta?"

La vidi tremare con tutto il corpo, mi gettai su di lei e la strinsi da dietro. Lei allungò le mani e mi strinse così forte la spalla da infilarmi le unghie nella carne. Tremava tantissimo.

G   "continuamente"

Trasalii

G   "la vedo da per tutto, la sogno in continuazione la vedo tra la gente" piangeva disperata. Si voltò e mi strinse.

G   "ho paura! HO TANTA PAURA! - piangeva a dirotto – PERCHÉ NOI, PERCHÉ É CAPITATO A NOI?"

Si divincolò da me e si sedette.

G   "è tutta colpa mia... non dovevo prendere quell'orrido libro"

I   "no Greta"

G   "SONO STATA IO A PORTARLO TRA NOI!"

I   "come potevi sap..."

G   "DEVI DISTRUGGERLO! - sembrava Frodo con l'anello – ce l'hai tu vero? VERO?"

I   "no l'ho perduto"

G   "COME L'HAI PERDUTO!"

I   "nella cattedrale, ne nelle soffitte mi è caduto – cercando di calmarla ma non si calmava si agitava sempre più – che te ne frega che rimanga lì per sempre"

G   "NO! bisogna trafiggerlo col dente di un basilisco come un horcrux!"

I   "un che?"

G   "ah ma non capisci niente quandè che crescerai e leggerai harry potter?"

finalmente sorrideva

I   "perché non me l'hai mai detto"

G   "perfino nel mondo dei maghi sentire voci non è un buon segno"

I   "credo che basterà bruciarlo"

G   "sì – serissima – come facevano con le streghe! dobbiamo bruciarlo!"

I   "da quando la vedi?"

G   "dall'anno scorso"

I   "da quando..."

G   "sì! da quando l'orrido libro è venuto da me"

I   "non preoccuparti, ora siamo in due e lei è da sola"

Mi abbracciò e mi tenne stretto. In quel momento si sentì la porta aprirsi, lei mi allontanò

G   "stefano?"

S   "a' sò a chi"

Poi mi vide

S   "ah ciao và che andrea te sercava ancò"

I   "ah sì l'ho lasciato da poco che ora è?"

S   "le otto"

I   "otto?..."

Greta mi guardò seria poi pianissimo mi disse

G   "che ore pensavi fossero?"

I   "ancora mattina"

Mi fece il tipico gesto col dito: ne parliamo un'altra volta.

I   "devo andare ci vediamo"

S   "ciao tu rimani?"

si rivolgeva a Greta? Ma lei dormiva qui?

G   "non lo so oggi non ho studiato niente"

S   "beh io sono troppo stanco scusami magari approfitta per studiare un po' stasera"

I   "ok io vado" ma non me ne andavo

G   "ah! spetta - mi accompagnò alla porta – trova il modo di farti dare da andrea le chiavi delle soffitte"

I   "perché?"

G   "dobbiamo bruciarlo! adesso però riposa che ne hai bisogno, per qualsiasi cosa chiamami"

I   "pure tu ok?"

G   "certo"

Guardò di lato se Stefano ci vedeva e non vedendolo mi abbracciò, poi mi spinse fuori e chiuse la porta.

Da allora ci salutammo sempre con un abbraccio.

Mentre scendevo le scale mi era sempre più chiara una cosa: Greta e Stefano erano assieme. E probabilmente ero l'ultimo che se n'era accorto. Vichi me l'aveva detto già molto tempo fa ma io non volevo capire.

Stefano non era mai stato il mio amico preferito. Forse perché facevo sempre gruppo con Flavio. Forse perché inconsciamente mi accorgevo che a Greta piaceva. Forse mi piace Greta... L'amicizia con Flavio, il suo eterno corteggiatore, me l'aveva sempre nascosto. Incredibile quante cose riusciamo a tenere nascoste pure a noi stessi!

Pure Andrea ho sempre ritenuto migliore di lui. Insomma ho sempre ritenuto Stefano il peggiore di noi. Sarà gelosia? Sarà invidia? Saranno le donne che scelgono seguendo leggi imprescindibili alla mente umana?

C'è una cosa che non ho mai detto, forse perché sono un uomo, forse perché non ci avevo mai fatto caso ma Stefano era di gran lunga il più bello di tutti noi. In aula studio molte ragazze si voltavano verso di lui e poi ridevano fra loro. Se non fosse stato per quel suo modo dimesso di vestire avrebbe avuto tutta la facoltà di psicologia ai suoi piedi.

Come fa una donna a farlo con un uomo solo perché è bello? Beh noi uomini non facciamo forse lo stesso? Forse ci illudiamo che le donne siano migliori di noi... e quando ci scontriamo con la realtà ci dà fastidio che a uno così capiti una simile fortuna.

Ma le donne non sono mica un premio! Non sono un premio di buona condotta perché sei onesto intelligente e gentile. Scelgono anche loro forse con criteri che non sono tanto distanti dai nostri. Certo che se fossero un premio ci sarebbe un po' più di giustizia a questo mondo.

Non diventiamo maschilisti...

In fin dei conti pure loro faranno gli stessi discorsi e le stesse critiche nei nostri confronti. Che differenza c'è? Gli uomini imparano dai loro errori. Per questo diventiamo sempre più depressi. Loro fanno sempre lo stesso errore, si lasciano sempre fregare dallo stesso tipo di uomo. Basterebbe guardar le altre per non rifare gli stessi errori. Invece no: le altre erano storie poco serie io invece sono l'Amore della sua vita!

Sì... credici bambina!

Però magari a forza di tentare e non arrendersi prima o dopo va loro pure bene. Noi invece dopo la prima sofferenza non amiamo più. Non vogliamo amare più. O cerchiamo una donna completamente diversa. Già. In fondo anche così prima o dopo ti va bene.

E poi Stefano non è così male. Giudico da uomo solo, se avessi una ragazza non sarei così severo con lui. O forse non giudico nessuno all'altezza di Greta e mi sembra che lei si stia svendendo. Eppure Stefano sotto sotto ha una pazienza così infinita che forse è l'unico che la sopporterebbe. In fondo tutte quelle liti servono solo a far pace subito dopo.

Con Sarah facevo mai la pace? Lei sì ch'era fastidiosa! Diciamo che io tacevo e basta... no non si deve fare così. Non ne nasce complicità. Lo so che è poco romantico da dire ma è la complicità a far durare le coppie non l'amore. Se speri ci sia sempre l'innamoramento dei primi tempi stai fresco. Ma Stefano e Greta sono davvero complici?... Forse c'è più complicità con me che con lui. E rieccomi qui... sono un giudice di parte!

Chissà dov'è Sarah adesso.

Istintivamente guardai in alto, come se i ricordi e le commiserazioni fossero in cielo. Vidi piazza delle erbe e il palazzo della ragione. I fumi delle caldarroste che salivano sullo sfondo blu scuro trapuntato di stelle. Sì... può essere bellissima questa città.

Chissà perché non penso mai a Rosanna.

Chissà perché un uomo quand'è triste pensa alle sue ex! Forse per farsi del male. O forse per fare un bilancio della propria vita e dire che non è stata poi così male. Mah... questo dipende dalle ex che hai avuto.

Faceva freddo e strinsi la testa fra le spalle.

CAPITOLO VENTICINQUESIMO
clerici vagantes

In nomine bacci tabacci
venerisque semper bona
et in nomine Sancta
Mater Goliardia
nos
siderei extracursi
divinissimi laureandissimi
divini laureandi
colendae colomnae
famelicissimi   et
flatulentissimi faseoli sed
necessarî
in   magnam   familiam
goliardicam te accipimus

Gaudeamus igitur

La vispa Teresa avea tra
l'erbetta
al volo sorpresa gentil
farfalletta
e tutta giuliva gridava
distesa
l'ho presa l'ho presa
l'ho presa nel cul!

Camminavamo nella notte come due ladri. Forse era
meglio dire come due ubriachi. L'idea era stata di Greta, e
che dire... io l'avrei seguita ovunque per farla sorridere un

po'. Vestiti da goliardi per un impresa goliardica. "come quando la città era degli studenti" aveva detto.

Le serviva per pensare ad altro, per vivere la vita da studente prima che finisse. La feluca sulla testa, i ninnoli che tintinnavano. I suoi occhi che mi brillavano a fianco.

Ero andato al collegio dove stava, o meglio mi ci aveva trascinato lei.

La torre della Casa della Studentessa Lina Meneghetti di Padova, in via Sant'Eufemia.

I   "ma io posso entrare nel collegio femminile?"

G   "tanto è un puttanaio"

I   "sì vabeh ma le tue colleghe cosa pensano di noi?"

G   "c'è un via vai che non hai idea" guardandomi con sufficienza "e comunque non è un monastero di clausura è solo un collegio femminile dove rinchiudono le peccatrici come me che hanno poca voglia di studiare"

Non so se una studentessa con il curriculum di Greta possa soggiornare al Meneghetti, ma per esigenze di copione facciamo finta di sì, in fondo è al primo anno di lettere...

Girammo intorno all'albero gigantesco all'incrocio di via Belzoni col Paolotti. Le antiche case ora sommerse dal traffico. La via ancora lastricata di ciottoli per le carrozze. Angoli di una Padova che non esiste più che a volte riemergono all'improvviso come un jamais vu.
Casa Lina Meneghetti per le studenti universitarie.

I   "studenti universitarie? non si dice studentesse?"

G   "non fare mica come andrea adesso?"
Entrammo nel giardino con la facciata palladiana che dominava gli antichi alberi.

G   "visto che bello? ci sono pure gli affreschi dentro"

I   "si può andare in cima alla torre?"

G   "penso di sì e se non si può un sistema si trova... siamo all'università no?" occhiolino.

G   "c'è pure il sotterraneo di santa eufemia!"

Aperto al pubblico la mattina di ogni primo sabato del mese, previo avviso telefonico alla "Casa della Studentessa"

Salimmo le antiche scale fino alla stanza di Greta.

I   "ma è bellissimo qui è come vivere dentro a una villa veneta"

G   "hai visto? è meravigliosa!"

I   "chissà perché gli uomini credono che le camere delle ragazze siano più ordinate delle loro"

G   "da quando in qua le camere delle ragazze sono ordinate?"

Inutile dire che c'erano magliette e jeans sulle sedie e nemmeno una libera dove sedersi.

Vidi una feluca verde far bella mostra di sé appesa al muro.

I   "di chi è"

G   "è mia"

I   "verde?"

G   "sì ho cominciato con fisica non ricordi?"

La feluca è il tradizionale copricapo degli studenti universitari, ogni facoltà ha un colore caratteristico, verde è il colore di scienze matematiche fisiche naturali.

I   "anch'io ne ho una"

E così è nata l'idea di Greta di compiere un'impresa notturna. Tutti e due con la feluca in testa. Io portavo la scala, lei il secchio di vernice e il pennello. La città era deserta. Le quattro del mattino. Il Santo non era lontano.

Per tutti i padovani e per la gran parte dei veneti, il Santo è la basilica di San Antonio in Padova. Non c'è bisogno di specificare il nome: basta dire Il Santo.

Appoggiai la scala al monumento del Gattamelata. Come immaginavo era troppo corta.

I   "ti pareva"

G   "ma dai che poco spirito avventuroso! sali e poi vedi che fare"

I   "sì dici facile tu!"

Salii ma c'era un cornicione che girava attorno al piedistallo della statua equestre. Dovevo salire in piedi su quello se volevo arrivare al basamento del cavallo.

I   "speriamo non ci veda qualche guardia svizzera"

G   "PERCHÉ SVIZZERA?"

I   "non gridare! svizzera perché tutto il piazzale qua è territorio del vaticano"

G   "daaai figooo stiamo facendo uno scherzo al papa?"

I   "più alle belle arti che al papa"

Raggiunsi una gamba del cavallo di bronzo e mi aggrappai.

G   "dai sali!"

I   "un po' di pazienza"

Salii a ginocchioni fin sotto al cavallo

G   "poggio il secchio sul cornicione"

I   "non ci arrivo"

G   "uffa! ma io sono una ragazza non posso fare tutto io"

I   "sali sul cornicione come ho fatto prima"

G   "ma io ho paura"

Cercò di salire con il secchio in mano ma ci rinunciò subito. Allora intinse il pennello nel secchio e si mise a salire con quello. Salì senza timore fino al cornicione e si mise in piedi su quello.

I   "attenta"

G   "non preoccuparti"

Presi il pennello, avrei dovuto dipingere di bianco le palle del cavallo.

I   "una statua di donatello!"

G   "riderà tutta la città"

I   "senti, io non me la sento di sporcare un donatello!".

G   "te ne vado a prendere dell'altra?"

I   "no no! non hai capito! facciamo un'altra cosa"

G   "dammi il pennello"

Mi girai e mi accorsi ch'era al mio fianco, con i piedi sul cornicione e la testolina che faceva capolino da basso. La feluca verde in testa.

I   "atteeenta! sei ancora zoppa" severo

G   "tu non ti preoccupaAA!"

Allungò il braccio per prendere la zampa del cavallo ma la mancò, si curvò di scatto in avanti appoggiando tutto il corpo sul monumento. Quasi lo volesse abbracciare

G   "CI SONO ci sono cisono"

I   "non farlo mai più ti avevo già visto spiaccicata al suolo"

Con estrema cautela scendemmo giù.

I   "fortuna che non abbiamo fatto cadere la scala"

G   "già, DAI! fai venire i sensi di colpa anche a me... l'hanno fatto un sacco di volte"

I   "non vuol dire niente, perché non lo infeluchiamo?"

G   "e la feluca dove la troviamo?"

Infelucare un monumento, cioè mettere una feluca sul suo capo. Si tratta di uno scherzo ancora in voga tra studenti. Più alto e importante è il monumento più gloriosa sarà l'impresa.

I   "col foglio di carta che hai portato"

Lo prese e lo stese, sopra c'era scritto:

W LA GOLIARDIA

NON EST ENIM MORTUA

G   "dovevamo metterlo in mano al gattamelata"

I   "non ci arriviamo alla mano"

G   "mentre alla testa?" e già cercava di piegare la carta

G   "come si fa? sto facendo una porcheria hi hi... fai tu"

Non avevo nemmeno io idea di come si facesse una feluca di carta, il problema era farla stare chiusa senza nastro adesivo né graffette.

G   "la teniamo ferma con la pittura" come se mi avesse letto nel pensiero. Greta, per certe cose sei un genio!

Con il pennello dipinse il cappello già bianco.

I   "bene, speriamo di non sporcare la gloriosa testa"

Non fu difficile, una volta finito ammirammo l'opera compiuta.

I   "bianca come la facoltà di lettere, la tua facoltà"

G   "mi pare giusto, l'idea è stata mia" sorridendo

Prendemmo le nostre cose e ci mettemmo a correre. Lei rideva e io ero felice.

I   "certo che tu hai una predisposizione per cadere"

G   "sento nostalgia delle stampelle, dovrei portarne una mi hanno detto, aspetta correre mi fa male"

Ci fermammo, io avevo il fiatone. La sua feluca le pendeva dal collo sulla schiena. Rideva sudata. Sembrava una bambina. Era una Donna straordinaria.

Ci sedemmo sul marciapiedi.

I   "perché la tua feluca ha tutti quei bolli?"

G   "uno per ogni anno accademico e uno per ogni cambio di facoltà"

I   "ma... ne hai uno in più"

G   "eh eh! io ero una bustina!"

I   "che è una bustina?"

G   "uno studente del quinto anno di liceo che viene ordinato goliarda, così quando ero matricola avevo già un bollo e tutti mi scambiavano per un fagiolo, così nessuno mi faceva i dispetti hi hi"

I   "hai capito!"

G   "io c'ero alla tua ordinazione"

I   "cosa?"

G   "non te l'ho mai detto ma c'ero, sono stata io a comprare la tua feluca, sono riuscita con un imbroglio a intrufolarmi, tutti credevano io fossi un fagiolo"

Me la tolsi e la guardai attentamente. In tanti anni non me l'aveva mai detto. Ora per me era mille volte più preziosa.

G   "ricorda! la feluca è l'anima dello studente"

I   "pensa, a venezia hanno introdotto l'uso del tocco anglosassone"

In verità l'uso del tocco anglosassone è stato introdotto l'anno dopo nel 2011

G   "NOO vili ignoranti! andiamo a infelucare il leone a san marco!"
I   "adesso stai sopravvalutando le nostre possibilità"
G   "è un po' alto vero?"
I   "diciamo che se cadi non fai a tempo a sentire male"
G   "sempre che si riesca a salire, però che vergogna! la feluca italiana è più antica E NOI CI GLORIAMO DI PORTARLA – si alzò in piedi – VIVA LA GOLIARDIA!"
I   "ti sente tutta la città!" alzandomi anch'io
G   "hi hi massì divertiamoci"
I   "giusto... sei bellissima"
G   "grazie"
Sorrideva. La città dormiva. Ci mettemmo a camminare.
G   "dobbiamo rubare le chiavi ad andrea"
I   "non possiamo chiedergliele?"
G   "le chiavi delle soffitte della sua chiesa? con che scusa?"
I   "che abbiamo perso il tuo orrido libro là dentro"
G   "vorrei tenerlo fuori da questa storia"
Era seria e impaurita.
I   "non puoi entrare in una chiesa di notte senza il permesso di nessuno"
G   "non è la cosa più pazza che abbiamo fatto, e poi anche con lui ci entriamo abusivamente"
I   "beh è lui a vedersela col suo parroco, che poi gli ha dato lui le chiavi"
G   "meno gente tocca quell'orrore e meglio è!"

Lei lo faceva per proteggere Andrea, ma come fare senza coinvolgerlo un'altra volta?

I   "ci pensiamo"

G   "non mi sei d'aiuto! PENSA QUALCOSA"

Io non avevo certo voglia di tornare a casa, stare con lei la notte in giro era bello. Anche se la scala a lungo mi pesava.

G   "tu cosa farai una volta finito di studiare"

I   "cercherò un lavoro"

G   "io finirò mai di studiare?"

I   "massì in tre anni te la sbrighi"

G   "dici?" guardandomi

I   "non era di questo che volevi parlare vero?"

G   "hai ragione" poggiò la testolina sul mio braccio.

Mi accorsi che anche lei non prendeva la strada di casa, ma continuò oltre le piazze di palazzo della ragione.

G   "con stefano a volte non mi capisco"

I   "penso sia normale"

G   "mi piace ma a volte mi fa schifo"

I   "penso sia normale"

Mi strinse il braccio.

G   "ho fatto la scelta giusta?"

I   "penso ci sia il tempo per essere innamorati, il tempo per essere spietati, e il tempo per essere felici"

G   "che intendi?"

I   "che all'inizio ci si innamora alla maniera degli adolescenti, quando si darebbe tutto e si sarebbe per amore votati al martirio"

G   "poi?"

I   "poi c'è sempre lo scontro, è come se si disappannasse la vista e vedi i difetti dell'altro. O vedi solo quelli. Meglio litigare che tenersi dentro le cose, è il momento di mettere in chiaro le cose ed essere spietati"

G   "cosa intendi per spietati?"

I   "spietati nel giudizio dell'altro" non so se fui imparziale. Sicuramente no, in fondo volevo litigasse con Stefano, ma un po' credevo a quello che dicevo, non avrei mai mentito a Greta.

G   "è vero quello che dici, dopo un po' si vedono solo i difetti o meglio i difetti ti sembrano insopportabili le differenze incompatibili, e il tempo per essere felici?"

I   "solo che si è superata questa fase si è felici non si sfugge"

G   "dici? si può essere felici?"

Bisogna, nella vita dev'essere possibile essere felici. Un modo ci dev'essere. Divenni triste.

I   "a volte si cerca l'infelicità come se fosse una compagna più rassicurante della gioia"

G   "è vero... il dolore è un compagno rassicurante, sai che non ti lascerà"

Dovevo cambiare discorso. Non dovevo infettare Greta con i miei fantasmi.

I   "sai... ho provato a chiedere a un po' di vecchie coppie quelle che stanno assieme da cinquanta sessant'anni..."

G   "sì cosa?" sorridendo e stringendomi più forte il braccio

I   "cos'avrebbero fatto se avessero convissuto i primi tempi, così per prova"

G   "eh e allora?" interessata

I   "mi hanno dato tutti la stessa risposta: ci saremmo lasciati la prima settimana!"

G   "daaai"

I   "sì, è stato il tempo e la volontà di stare assieme che li ha fatti rimanere uniti"

G   "la coppia è una conquista"

I   "hai detto una cosa giustissima!"

G   "cosa?"

I "la coppia è una conquista! è una conquista per la coppia stessa, i due si devono conquistare!"

G "perché sempre così stupito? io dico un sacco di cose giustissime"

I "ah beh certo"

G "non prendermi in giiiiro!"

I "vabene"

Fu così che raggiungemmo zona istituti.

L'acqua del piovego era immobile alla nostra sinistra e sotto gli alberi camminavamo silenziosi. Con una scala e un secchio.

I "hai notato che spesso i separati che hanno un compagno con questo rimangono assieme per sempre?"

G "il secondo tentativo va meglio del primo"

I "no... secondo me evitano di fare gli stessi errori che hanno fatto con il coniuge"

G "cos'ho detto io?"

I "no, come l'hai detto tu sembra che il secondo tentativo sia la ricerca della persona giusta, io intendo che con la seconda persona non si affrontano i problemi che hanno portato alla rottura"

G "però così non li risolvi"

I "qua volevo arrivare, se non affronti i problemi ma li eviti sarai sempre un fidanzato a vita, marito e moglie hanno affrontato certe cose e le hanno risolte. quello che voglio dire è questo: se con la seconda persona incontrassi gli stessi problemi arriveresti di nuovo alla rottura? se sì non è migliore della prima. è davvero impossibile ricominciare da capo con la prima persona e rimanere uniti?"

G "a volte è impossibile!"

I "eppure in passato si faceva"

G "erano altri tempi non era contemplato il separarsi"

I   "ma ora sono felici di essere rimasti insieme, di aver vissuto alti e bassi ed essersi conquistati l'essere una coppia. nella gioia e nel dolore non significa solo gioia e dolori che vengono dall'esterno"

G   "sì ho capito quello che intendi ma la semplice possibiltà di separarsi rende molto più difficile la cosa, una volta si rimaneva insieme anche perché era l'unico modo di sopravvivere, una volta si era tanto poveri, infatti i ricchi e i nobili si separavano già da un sacco"

I   "non esisteva mica il divorzio"

G   "il divorzio è una formalità giuridica! se due non abitano più insieme ma con un altro come la metti? di fatto sono separati"

I   "una volta si era molto poveri è vero, forse il divorzio è un lusso del benessere"

Arrivammo a quel bastione che si protende sul piovego di fronte alla vecchia sede di ingegneria.

G   "che cos'è quel buco? io lo vedo da sempre ma cos'è?"

I   "un ingresso alle gallerie"

G   "GALLERIE?"

Un tempo sul prato del bastione c'era una grata metallica circolare che permetteva di guardare sotto. Ora l'accesso è transennato e coperto con una piastra metallica.

I   "qua sotto c'è un'altra città non lo sai, padova è piena di gallerie"

G   "figoooo"

Si chinò a ginocchioni sulla grata e come una bambina provò a scuotere le sbarre.

G   "e chi le ha costruite?"

I   "ma penso chi ha fatto le mura, chi ha fatto le mura di padova?"

G   "i padovani forse?" guardandomi sorridente

I   "sì grazie, ma chi comandava all'epoca? austriaci serenissima francesi? siamo stati terra di conquista negli ultimi due secoli"

G   "penso la serenissima c'è il leone di san marco ogni tanto uffa non sai niente ho capito"

Continuava a guardare in basso oltre le sbarre

G   "come si entra?"

I   "ma vuoi davvero entrare?"

Mi guardò con una luce sensuale negli occhi. La luna brillava lassù.

G   "DEVI PENSARE A COME RUBARE LE CHIAVI AD ANDREAAAA uffa non mi servi a niente! cosa fai ancora con quella scala?"

La presi sotto braccio

I   "vuoi rubare ad andrea le chiavi dei sotterranei di padova?"

G   "no stupido, non dirmi che ti sei portato quella scala in giro per padova per colpa mia?"

I   "non la chiamerei proprio colpa"

G   "non dovevi non volevo, sono una pianta grane ecco" poggiando la testa su me

I   "sei cara ecco cosa sei"

Mi strinse il braccio.

Non avrei mai voluto tornare a casa, e chi se ne fregava della scala. Non dovevo farla diventare triste. Lei MERITAVA d'essere felice! Fra me e me mi accorgevo di scoprire che Greta sapeva essere più profonda di quello che sembrava. Nonostante la conoscessi da sempre non avevo mai avvertito in lei quella malinconia tipica della vita interiore. Stupidamente pensavo Greta fosse sempre gioiosa, o comunque sempre pronta ad esserlo. E invece mi sbagliavo.

Ricordo che un giorno la guardai come per mangiarla da tanto era bella. Me ne accorsi

I   "scusa..." distogliendo lo sguardo

Lei aveva sorriso un po' compiaciuta e poi mi mise un braccio intorno al collo e prendendomi le spalle mi fece dondolare con forza

G   "daaaAAAIIII" sorridendo. Io non riuscivo a sorridere ma la guardai negli occhi per ringraziarla. Volevo tanto essere sempre felice come te.

Io sono un minatore nel pozzo dell'anima
e scendo zitto e senza tema giù nel buio
e vedo luccicar nella notte con timido bagliore
il prezioso e nobile metallo del dolore
e non più bramo risalire alla felicità

dal diario di Greta

In realtà questa è la poesia del personaggio di finzione Adrian Leverkühn del romanzo Il doctor Faustus di Thomas Mann.

CAPITOLO VENTISEIESIMO
i complici

> Due eventi simultanei in
> un sistema inerziale non
> lo sono più se osservati
> da un altro sistema
> inerziale in moto rispetto
> al primo
> (Albert Einstein
> "Relatività ristretta" 1905)

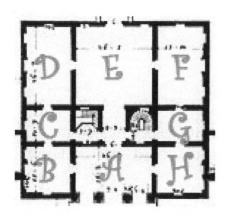

Per comprendere il seguente capitolo non è indispensabile tenere conto degli orari in cui si svolgono i fatti, si può benissimo leggere di seguito senza tenere nulla a mente. Ho inserito il riferimento cronologico solo per rendere possibile, per chi lo volesse, la ricostruzione minuziosa degli spostamenti dei vari personaggi in modo da capire la contemporanea posizione in ogni istante.

A (pronao)

12:30 A

S   "dobbiamo proprio aspettarla?"

G   "stefano! sei un mostro"

dandogli una gomitata esageratamente preoccupata.

V   "che do bae" sussurrava Vichi.

Aspettavamo nel pronao l'amica di Greta, che invitata anch'essa alla festa non aveva altre amiche oltre lei e la festeggiata.

I   "però... che VILLA!"

G   "MA NON È SUA!"

I   "sì ho capito"

G   "vabeh ch'è piena de schei ma caspita!"

S   "è comunque la prima volta che vedo una festa di laurea in una villa"

G   "è la prima volta che ti vedo vestito decente! ma... NON DOVEVI VENIRE IN TUTA?"

S   "no farmeo ricordare!"

V   "me fa xa mae i piè porco zeus"

A   "ti cominsi presto, ma hai sempre i tacchi OGGI ti fanno male!"

V   "apunto"

A   "sei la più sexy"

Lei gli fece uno sguardo eloquentemente compiaciuto.

G   "fate cariare i denti voi due E TU MAI CHE MI FAI UN COMPLIMENTO" sbattendo la borsetta addosso a Stefano.

S   "ahia sei la più sexy"

G   "mmm... che fantasia"

S   "RÌVEA O NO RÌVEA?"

G   "arriva arriva eccola là"

In fondo al viale si vide spuntare una figura femminile in blu. Il grosso vestito le impediva di correre.

S   "non avevi detto ch'era carina?"

G   "massì è che non sa vestirsi"

Il vestito infatti inadatto ad una ragazza giovane le dava l'aria più della matrona che della studente. Il foulard, tenuto sulle spalle come un'anziana avrebbe tenuto uno scialle, faceva il resto.

G   "ragazzi questa è VALERIA per gli amici LERI tutti ce l'hanno con te perché sei sempre in ritardo"

L   "CIAO A TUTTI SCUSATE - aprì con un grandissimo sorriso e uno sguardo luminoso da sotto la grossa montatura degli occhiali – madoooonna che corsa!"

I   "greta, hai detto la cosa peggiore che potevi dire"

G   "cosa?"

I   "te lo dico dopo"

L   "ghe iera 'na coeonna de machine al ponte de torreglia che veniva fora daea césa aaaaaaahh so sta eà mexora"

Gli altri senza badare quasi a quello che diceva si precipitarono dentro, Vichi fece uno sguardo di fuoco ad Andrea e Stefano s'infilò dentro con loro. Greta prese a braccetto sia Leri che me e sorridendomi a 32 denti ci trascinò dentro alla villa in **E**.

14:40 A

Andrea uscì da **H** mentre la processione con la neolaureata in spalla ritornava dal giardino. Si voltò ma Vichi non l'aveva seguito. Ma dov'era? Notò pure Stefano che dalla parte opposta del pronao cercava di comunicare a gesti, ma tale era la confusione che non si capiva niente.

Ecco, Vichi era ancora dentro che parlava con gli altri ma la processione lo divideva dalla porta. Mise le mani in tasca in attesa che o la folla vociante il gaudeamus igitur o la fidanzata si decidessero a fare una pausa.

Entrarono anche gli ultimi processionanti e Vichi quasi all'unisono uscì.

A   "ooh finalmente"

V   "sentivi la mia mancanza?" lo abbracciò stampandogli un bacio sulla bocca. Le sue mani finirono subito sulla schiena perfetta e nuda di lei che però si scostò subito.

V   "cosa ti ho detto? metti le cose a posto"

A   "adesso che le ho libere?" aprendole entrambe davanti a lei

V   "e il bicchiere?"

A   "ho ubbidito"

V   "bravo il mio topolino vieni qui" lo prese per mano e lo portò fuori in **giardino**

H

14:00 H

L   "fermiamoci qua un attimo aspettiamo che la processione torni da fuori MA SONO FUOORI QUELLI LÀ ma ti pare ste robe da osteria poi si da arie da gran signora fa la festa in una villa del setteciento tanto per mostrare che ea g'ha schei madò mi no so - mettendosi a posto il foulard sulle spalle – se se poe comportarse cussì"

Io non ci trovavo niente di male in un rinfresco di laurea in una villa. Forse era uno spreco di soldi, ma le canzoni e le goliardate che avevano di male? Non era una chiesa, era una villa di campagna che qualche patrizio veneto avrà usato come ritrovo per le amanti.

L   "poi non capisco perché queste feste devono sempre diventare un festìn bueo"

Chissà che festini avrà visto questa villa nei secoli passati.

L   "chissà che feste raffinate hanno visto questi affreschi - guardandomi con gli occhi spalancati – quali vestiti settecenteschi!"

Chissà quante damine cinquecentesche senza vestiti avranno visto questi affreschi!

Feci per guardare dalla finestra la colonna di gente che scendeva quando spuntarono dietro di noi Andrea e Vichi.

A   "siete qua?"

L   "sì aspettiamo che torni la processione dal giardino son passati di qua aaaaaahhhh ma che roba"

V   "sì li abbiamo visti divertente"

Leri si allontanò da loro offesa e si mise appicicata a me. Aveva una bolla di prossimità rasente al centimetro!

L   "xei tanto lontani?"

I   "noo adesso tornano ANDREA com'è il prosecco?"

A   "buono" mostrando la coppa vuota

V   "beh noi continuiamo il giro"

prima che entrambi varcassero la porta presi Vichi per mano

I   "aspetta" sotto voce

Mi guardò stupita, mentre Andrea rimaneva bloccato sotto il pronao dalla processione che tornava

...ANT OMNES VIIIIRGINES! FAACILES FORMOOOSAE!...

le grida coprivano le nostre parole, miglior momento non avrei saputo scegliere

... VIIIVANT ET MUULIIERES...

I   "vichi! devo rubare un paio di chiavi ad andrea!"

V   "e percheé?" seria

...TENERAE AMABILES...

I   "andrea ci ha portato nella sua chiesa una volta me e greta"

V   "eh" sempre più seria

...BONAE ET LABORIOSAE...

I   "greta ha perso una cosa ma non vuole che andrea lo sappia non so che fare"

Alzò le sopracciglia posando su di me lo sguardo più pietoso che poté fare.

V   "e io che dovrei cosare?"

I   "vichi! che devo fare? non posso andare nelle soffitte di quella chiesa durante l'orario di apertura"

V   "nelle soffitte!"

...*VIIIVAT NOOSTRA CIVITAS*...

I   "è questo il problema! si trova nelle soffitte"

V   "lascia fare a me"

Aprii la mano davanti a lei, quasi a dare maggiore importanza alle mie parole

I   "vichi è una sciocchezza ma..."

V   "fasso mi!" strizzando l'occhio, e uscì nella baraonda che passava per raggiungere Andrea. Avevo fatto bene? Ma poi, che potevo fare?

...*PEEREAT TRISTIIITIA!*...

L   "che voleva?"

I   "chi vichi?"

...*PEEEREAT DIABOLUS!*

L   "ci rivediamo presto" ma questa non era Leri!

Mi voltai appena in tempo per vedere due occhi verdi sparire tra la folla. Urtai fra due che mi guardarono stupiti, ma non c'era più.

L   "adesso possiamo guardare le altre sale è passata tutta quella gente"

Io continuavo a guardarmi attorno impaurito. Perché non mi lasci in pace?

Pace...

L   "ma fuori no, torniamo indietro"

Ecco, così non vedrò mai gli affreschi delle altre sale! In un colpo solo mi son perso affreschi, festa, tramezzini del buffet che sembravano pure buoni. Se arrivo nella sala prima che siano finiti me ne faccio fuori un paio. Uscimmo per entrare in G.

G

13:30 G

L   "cosa pensi di una festa di laurea qua dentro non è un po' di cattivo gusto, una laurea è un po' una festa da bar poi questi schiamazzi da studenti come si fa"

I   "mah io..."

L   "adesso iniziano con le litanie aaaahhhh madò ma ti pare!"

nell'altra sala si sentiva: *nel primo mostero si contemplaaa... san teodoro... che col casso tutto d'oro svalutava il dollarooo*

L   "ma daaai è di cattivo gusto una... una villa del setteciento"

era un fenomenooo

le grida si avvicinarono

NEL SECONDO MISTERO SI CONTEMPLAAA...

entrò la festeggiata portata in spalla da quattro studenti che altro non facevano che palparle platealmente il sedere e le cosce

...SAN GALLOO CHE COL CASSO TUTTO GIALLO FEVA INVIDIA AI CINEESIII...

Leri fece una smorfia come se avesse sentito un intenso dolore alla testa, avvicinando la mano inanellata alla bocca

era un fenomenooo... nel terzo mistero si contemplaaa... san battistaaaa... che col casso fato a pista niegheva tuta...

L   "ma va al diavolo" vidi occhi verdi tra la turba. Occhi verdi taglienti che trafissero in un attimo il mio animo sereno.

Feci un passo indietro.

gaudeamus iiiigitur iuuuvenes dum suUUmus!... gaudeamus iiiigitur... il canto si spense fuori in giardino. Leri era ancora con me, inoltre non seppi mai cosa annegava San Battista con il suo attributo. La stanza rimaneva ingombra di persone, cercai attorno una figura femminile vestita di bianco, augurandomi di non trovarla.

I   "andiamo nell'altra stanza"

L   "sì andiamo" ancora disturbata dalla processione uscimmo dalla stanza entrando in **H**.

La stanza si riempì di colpo di fiamme che arsero in un istante quanto conteneva. Un lampo balenò ratto e preciso. Clangore di metallo. Una scintilla.

Due figure rimanevano immobili nella stanza distrutta. L'una vestita di bianco, la spalla nuda, i capelli rossi. La spada ancora nella mano puntata verso l'avversario. L'altro in guardia, il vestito tagliato all'altezza del cuore, la spada estratta appena in tempo.

L   "chi ssseeei" i suoi occhi verdi balenavano fiamme. Dalla sua bocca gorgogliava un Odio infinito.

L'altro non rispose. Tremante rimaneva attento ad ogni mossa del suo avvesario.

Due persone stavano per entrare. Rinfoderarono le spade all'unisono. La stanza si riformò. Quando l'else toccarono i foderi ogni cosa era tornata al suo posto.

14:00 G

entrarono Vichi a Andrea da **F**.

Lui teneva ancora la coppa vuota in mano

V   "te la porti sempre dietro? sembri uno che cosa la carità"

A   "con una coppa di cristallo!"

V   "ah ah ma poggiala da qualche parte sembri un pampe dio santo"

A   "ma no te va mai ben niente!"
V   "mmm che do... dame qua" cercando di togliergliela
A   "NO!" orgoglioso
V   "alora tientela andremo in giro per il mondo con te con un bicchiere in mano che te pari n'imbriagón"
A   "ma va là"
e uscirono in **H**.

14:43 G
entrammo nella stanza
L   "ma tu studi matematica mi ha detto greta devi essere molto intelligente!" sorridendo e guardandomi con due occhi grandissimi
I   "mah oddio la matematica non è una patente di intelligenza"
la attraversammo velocemente, lei camminava quasi avesse fretta, e così uscimmo per entrare in **F**.

F

13:00 F
Cercai di fare il gentiluomo, o buon viso a cattivo gioco, e rimanendo al suo fianco entrammo nella stanza
L   "guarda che roba madoooonna ma è una villa del SETTECENTO"
I   "se è del palladio credo sia del CINQUEcento"
L   "CINQUECENTO madò"
All'imbarazzo si mescolava il fastidio di non poter ammirare con comodo gli affreschi.
uscimmo dalla stanza in **G**

13:30 F

entrarono Vichi e Andrea da **E**.

V   "oh ma con te non si sta mai tranquille eh ma che hai mangiato?"

A   "a dire il vero sono a digiuno"

V   "di cibo o di sesso?"

A   "tu dovresti saperlo no? altrimenti perché ti saresti messa quest'abito mozzafiato?"

V   "per far invidia alle altre no?"

A   "quand'è che te lo posso togliere?"

V   "mah! insomma! basta sul serio BASTA! non si può..."

Si sentì gridare là vicino *NEL PRIMO MISTERO SI CONTEMPLAAAA...*

A   "eccoli che arrivano"

V   "che è?"

SAN TEODOROOO... CHE COL CASSO TUTTO D'ORO

A   "il laureato viene portato in processione cantando le litanie goliardiche"

SVALUTAVA IL DOLLAROOO...

La neo dottoressa veniva portata a spalla seguita da una turba di gente vociante.

V   "facciamoli passare va?"

era un fenomenoooo... nel secondo mistero si contemplaaaa... san gallooo...

V   "ma a ogni cosa ogni laurea fate ste robe?"

A   "solo chi rispetta la tradizione"

V   "an... beh divertente anche se non me l'aspettavo... sempre meglio di una pedata insomma"

Andrea finì la coppa di prosecco con un sorso.

Entrarono in **G** non appena la processione se ne andò

14:45 F

rientrammo nella stanza da **G**

L   "ma no! bisogna conoscere molto bene la matematica"

I   "per studiare matematica? se la conoscessi già non la studierei non ti pare?"

mi guardò strana mentre uscivamo dalla parte opposta in **F**.

E

12:45 E

Lasciammo i cappotti nell'apposito sottoscala ingombro dei vari pastrani di chi era stato più puntuale di noi.

La sala principale di villa Emo si aprì ai nostri occhi con tutto il suo splendore. I colori degli affreschi ci danzavano attorno. Una tavolata imbandita a buffet stava al centro della sala. La neo dottoressa sorrideva a tutti compiaciuta della corona d'alloro sulle spalle.

DOTOOORE DOTOOORE DOTORE DEL BUXO DEL CUL VAFFANCUL VAFFANCUL

La goliardica canzone risuonava per le sale cinquecentesche.

L   "beh potrebbero risparmiarsela qua dentro, come si fa... una festa di laurea in una villa del setteciento non trovate sia fuori luogo?"

I   "mah penso che i nostri antenati durante la serenissima fossero ben più licenziosi di noi"

L   "ma daaai madoooonna" mettendo a posto il foulard.

Greta mi lasciò di colpo per prendere il braccio di Stefano

G   "tenti di fuggirmi! esploriamo questa BELLISSIMA villa – sbracciandosi- dai noi di qua e voi di là ciao ciaooo" e si allontanò verso sinistra in **D** salutando con tutto il braccio come se partisse col Titanic.

Guardai attorno dove fossero finiti Andrea e Vichi e mi diressi verso di loro. Lei guardava il buffet nel suo vestito scollato sulla schiena e Andrea con una coppa di prosecco guardava le volte della sala.

Non guardi la tua ragazza così sexy oggi? Guarda che schiena perfetta ha!

Per me era un fastidio sentire i mei occhi attratti da Vichi ora che Greta era sparita con l'altro moroso. Distolsi lo sguardo dalla sua schiena, è la ragazza del mio amico!

Si voltò verso di me sgranò gli occhi e prese Andrea per mano.

V   "voialtri omani!" e ci diresse tutti verso la stanza di destra **F**.

L   "sì guardiamo tutta questa villa non è bellissima non trovate?"

I   "bellissima è bellissima"

Vidi Vichi frenare dietro di me e trascinare Andrea di nuovo verso la sala centrale. Sentii Andrea lamentarsi ma venire zittito in malo modo. Era chiaro ormai a tutti che le coppie erano state assegnate.

Io e Leri uscimmo dalla sala

A   "coss'astu da tirare!"

V   "cossa che g'ho? g'ho che xe mejo se stago sita! ma lasciali andare 'vanti no? dobbiamo stargli appicicati per forza?"

A   "aah e dì che vuoi star sola con me allora"

V   "ssè!"

A   "oh! possiamo restare soli anche se ormai siamo fidanzati sai"

V   "sì lo so ma tu tieni le mani a posto" sorridendo

A   "quale posto" appiccicandosi a lei

V   "oh ma! un poco de..."

238

A   "un poco de cossa?" cingendola

V   "siamo in pubblico! gheto bevùo?" scostandosi

E si diresse in **F** seguita a ruota dallo spasimante.

14:50 E

rientrammo da **F** nella sala del buffet

L   "ma la matematica..."

I   "ecco tutti gli altri"

erano attorno al tavolo, Greta masticava interessata una pizzetta

G   "dovevate impedirmi di mangiare tutte queste pizzette non posso fidarmi di NESSUNO DI VOI!"

Leri si voltò indispettita dall'altra parte perché l'avevo interrotta ma io non ci badai e mi diressi verso i miei amici.

I   "non fatelo mai più"

Vichi si piantò davanti a me di spalle, sfoggiando la schiena nuda mentre guardava le caraffe dei succhi.

A   "fare che?"

I   "non ce l'ho con te" guardando Greta, ma qualcosa attirò la mia attenzione: Vichi continuava a far dondolare una chiave davanti al mio naso e dietro alla sua splendida schiena! la presi e mi misi al suo fianco

I   "come sono i succhi?"

V   "visto?"

I   "cosa ti offro?"

V   "quello rosso, bello pieno!"

Riempii due biecchieri e li facemmo tintinnare assieme.

I   "grazie"

Si appoggiò al bordo del tavolo approfittando che gli altri ascoltavano Leri, mi misi a fianco suo mentre mi sussurrava:

V   "non fare còsi doppioni, quando hai finito me la ridai meglio non seminare copie in giro"

I   "ok speriamo non se n'accorga"
V   "agisci in fretta" alzandosi
Poi si voltò
V   "ah... te g'ha fato ben"
I   "a fare cóssa?"
V   (chinandosi verso di me) "a piantare sta piattoa!" ammiccando cogli occhi verso Leri.
Alzai gli occhi al cielo quasi a dirle: a chi lo dici!

D

13:00 D

G   "io gli presento le mie amiche ma è tempo perso"
S   "non mi meraviglio"
G   "non lo facevo così pampe!"
S   "non è lui che è pampe sono le tue amiche che sono dei cessi"
G   "DAVVERO!? oh no ma dai valeria è carina"
Stefano fece un moto tra la tosse e il vomito
S   "simpaticissima! non è che sotto sotto hai paura di perderlo?"
G   "CHI?! ma daai sei completamente fuori strada"
Sarà...
S   "e poi bisogna confrontarle con te"
G   "cosa vorresti dire?"
S   "che tu sei bella e intelligente e loro no"
G   "STEFANO! MI HAI FATTO UN COMPLIMENTO!"
S   "non ho detto che sei simpatica"
G   "sei il solito stronzo usciamo di qua"
uscirono in **C**.

14:43 D

entrarono da **C** tenendosi per mano

S   "sembriamo due bambini a manina"

G   "OH MA LO SAI CHE SEI PROPRIO UN ORSO! abbiamo appena fatto la pace! sei IMPOSSIBILE SONO L'UNICA CHE RIESCE A SOPPORTARTI"

S   "se dico che infatti sei unica dirai anche a me che faccio cariare i denti?"

G   "tu lo dici per prendermi in giro"

S   "non sempre"

G   "COME! ma allora non lo dici sempre sul serio? SEI UN MOSTRO" e varcò la soglia della sala centrale **E** da sola

C

13:30 C

G   "andresti bene con quella vestita come una tr"

S   "ce l'hai con la morosa di andrea?"

G   "QUELLO SCEMO mi è caduto in basso da quando si è preso quella TRRR"

S   "non è che ce l'hai con lei perché è la ragazza più bella che ti gira attorno?"

G   "BELLA LEI? e mi gira attorno? ma se le sta sempre appiccicata! andrea di qua andrea di là fanno cariare i denti"

S   "però... CHE GAMB..."

G   "prova a dirlo e ti ritrovi un pugno in un occhio"

S   "non capisco perché ce l'hai con lei anzi credo di capirlo"

G   "non è come dici tu io non sono affatto gelosa e perché dovrei esserlo se andrea si diverte buon per lui comunque è uno scemo"

S   "è una ragazza magra ben fatta simpatica"
Gli arrivò la borsetta sullo stomaco
G   "tié e a me non hai fatto ancora un complimento per come sono vestita!"
S   "fatti vedere"
G   "ssé adesso che te l'ho chiesto! vado a prendermi il fazzoletto nel cappotto grezzo che non sei altro" e uscì

14:40 C
Stefano entrò da **B** cercando con lo sguardo Greta. Ma dov'era?
G   "regola numero uno mai perdere la morosa!"
S   "sei tu che sei fuggita"
Lei gli prese la testa e portandola giù gli stampò un bacio sulle labbra
G   "cicino lamentoso!"
S   "io non mi lamento"
G   "guai a te! hai cose che non ti meriti"
e si diressero in direzione della sala principale in **D**

B

14:00 B
... che col casso fato a pista niegheva tuta Baarii...
G   "eccomi qua grezzo"
S   "che bel vestito che hai"
gaudeamus iiiigitur iuuuvenes dum suUUmus!... gaudeamus iiiigitur...
G   "mm!"
S   "dai adesso non tenire el muso!"
...POST IUCUNDAAAM... IUVENTUTEEEM...
Greta uscì di colpo e si confuse nella processione
S   "ma no che fai! CHE DO MAR..."

...AAAM SENECTUTEEEM... NOS HABEEBIT HUUUMUSS...

nos habeebit huuumuss...

Mentre la processione si allontanava Stefano guardava a terra di lato.

S   "fémene!"

Si mise alla finestra a guardare la processione. La laureata veniva portata pericolosamente a spalla, sempre in procinto di cadere ma sempre salvata dai gentiluomini che la reggevano da sotto. In fondo al viale lastricato la processione fece una fantasiosa inversione a U e si diresse nuovamente verso la villa. Stefano cercava Greta tra la folla vociante.

...ANT OMNES VIIIIRGINES! FAACILES FORMOOOSAE!...

Andrea era fermo davanti alla porta opposta dietro alla colonna di gente.

... VIIIVANT ET MUULIIERES...

Ma dov'era Greta?

...TENERAE AMABILES...

...BONAE ET LABORIOSAE...

Cercò di chiedere ad Andrea dov'era Greta.

...VIIIVAT NOOSTRA CIVITAS...

Ma Andrea continuava a guardarsi alle spalle.

Anche tu hai perso la tua?

...PEEREAT TRISTIIITIA!...

Ma dove son finite?

...PEEEREAT DIABOLUS!

quivis antiburschius...

...atque irrisores...

La gente era tutta entrata, ma di Greta nemmeno l'ombra. In compenso Vichi prendeva il suo Andrea con due braccia e gli stampava un bacio dritto in bocca. Ehi qua davanti? Pure si allontanano in giardino! Ma guarda questi... e Greta dov'é?

Tornò a cercarla nella stanza precedente **C**

GIARDINO

14:20 GIARDINO

Greta uscì con la processione, ma non appena ebbe l'occasione si scostò dalla colonna di gente e si mise a correre. Dai dai che ho poco tempo le scarpe che fanno male uffa! Dai dai che devo correre correre. Sempre di corsa uffa!

Corse fuori inosservata dal giardino mentre la folla improvvisava una inversione a U con la festeggiata che per poco non cadeva sull'erba.

14:45 GIARDINO

Vichi correva tenendo Andrea per mano che si lasciava condurre. Si rifugiarono sotto al porticato che faceva da ali alla villa e dietro una colonna lei si fermò.

V "vuoi sapere l'ultima?"

A "proprio adesso?" stringendola e baciandola sul collo

V "uffa sei incorreggibile" ma non aveva il tono di chi voleva si fermasse. E si strinse ancor più a lui.

La sua mano corse di nuovo su quella schiena scendendo giù.

V "BASTA! oh ma eh che caspita pare che te ebi i tentacoli al posto dee man!"

A "eh quando si ha un bel culetto..."

lei lo guardò lusingata, gli prese la mano se la premette sul fondo schiena e si attorcigliò attorno a lui.

Si baciarono a lungo.

V   "non devo più mettere un vestito così"

A   "e perché mai"

V   "quando usciamo con altri dai torniamo dentro che altrimenti mangiano la foglia"

A   "dobbiamoproprio?"

V   "sì!"

Si incamminarono mentre lui la cingeva

A   "qual era l'ultima?"

V   "l'ultima? ah sì il tuo amico vuole una tua chiave"

A   "chiave? e quale amico"

V   "sì coso tu lo hai portato sulle soffitte dea céxa e greta ha perso no so cóssa adesso i se vergogna a dirteo, chissà cóssa che i g'ha perso! e i me g'ha domandà a mi de fregarte e ciave"

A   "CHEE? ma dai bastava chiederlo no?"

V   "dipende cos'hanno cosato in quella chiesa forse non è una cosa carina da portare in chiesa"

A   "cosa potrà mai essere?"

V   "ma cóssa vuto che sapia mi? magari è un pacco di assorbenti o di preservativi!"

A   "bastava chiederlo lo stesso... comunque grazie d'avermelo detto"

V   "siamo insieme no?"

La guardò serio

A   "sì... siamo sempre insieme noi due!" e la baciò

Si guardarono negli occhi pieni di rispetto l'uno per l'altra.

A   "sai che facciamo?"

V   "dimmi capo"

A   "prendi sta chiave e fattela ridare non appena hanno finito"

V   "ok"

A   "digli di non farsi una copia"

V   "ok"

A   "ti amo"

V   "ok"
entrarono nella villa diretti in **E.**

15:30 GIARDINO

Stavamo uscendo un po' per volta, dopo aver ringraziato e salutato la festeggiata.

A   "chissà perché queste feste devono durare finché la gente comincia ad annoiarsi"

V   "ma dai è stato divertente"

S   "sì poi mi piace che quando si dice ANDIAMO è la volta che le donne cominciano a chiacchierare e a non andare più via"

G   "le donne! ecco il solito maschilista comunque è vero"

I   "e fortuna ch'eravamo già in piedi perché di solito è il momento che si smette di chiacchierare seduti e si comincia a farlo in piedi senza andarsene"

S   "le DOnne cominciano"

G   "ohu!"

A   "e quando sei in casa di qualcuno che ti insegue fin sulle scale per dirti le ultime cose?"

V   "come che fa to mama? ohu! ea te vièn drio fin in strada come un xaineto su e spae!"

A   "la xe contenta de vedare 'na femena per casa che no sia mia sorela"

Greta mi prese per un braccio e mi tirò dietro agli altri. All'unisono ci mostrammo due copie esatte delle chiesa di Chioggia!

Trattenemmo le risa.

G   "agiamo in fretta!"

I   "sì"

Sguardo d'intesa. Mi tornò alla mente Flavio ma fu un attimo.

CAPITOLO VENTISETTESIMO
la soluzione?

Che gli dei misericordiosi
ci proteggano nelle ore in
cui né il potere della
volontà, né le droghe
inventate dagli uomini
possono tenerci lontani
dall'abisso del sonno. La
morte è compassionevole
perché da essa non c'è
ritorno, ma chi emerge,
pallido e carico di ricordi,
dai recessi della notte,
non avrà più pace.
(H. P. Lovecraft
"Hypnos" 1922)

La sera ero davanti al computer quando vidi l'icona di skype illuminarsi: Greta

G   "ehi ci sei?"
I   "no"
G   "ma daaaaai :-\ devo driti una cosa"
I   "dimmi"
G   "con qlcn ne devo pur parlare"
       "ricordi il mio libro?"
I   "come no..."
G   "ricrdi il voinich?"
I   "sì... pure quello"
G   "ce nè un'altro"
I   "come un altro?"

G   "l'ho trovato per caso, COINCIDENZE?
    come dicono le trasmissioni di ufologi
    fai un aricerca con bibbia del diavolo
    il nome è tutto un progr vero?"
I   "trovo un sacco di roba O.o"
G   "UFAAAAAAA :-(condividi il tuo schrm!!!"

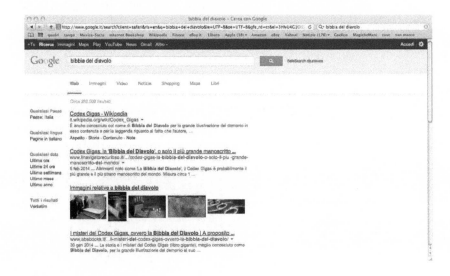

cliccò su wikipedia

Il Codex Gigas (in italiano: Libro Gigante) è il più grande manoscritto medioevale esistente al mondo[1]. Si ipotizza sia stato creato nel monastero benedettino di Podlažice in Boemia (ora nella Repubblica Ceca): la sua realizzazione si colloca nel primo trentennio del XIII secolo. Nel 1648, durante la Guerra dei trent'anni, l'opera fu presa dall'esercito svedese come bottino di guerra ed è ora conservata presso la Biblioteca nazionale svedese a Stoccolma[1]. È anche conosciuto col nome di Bibbia del Diavolo per la grande illustrazione del demonio in esso contenuta e per la leggenda riguardo alla sua creazione.

Il codice pare sia stato creato da un certo Herman il Recluso nel monastero Benedettino di Podlažice nei pressi di Chrudim, che venne distrutta nel XV secolo. Nel codex, il 1229 viene registrato come l'anno di completamento dell'opera. Il libro fece poi la sua comparsa nel monastero cistercense di Sedlec e successivamente venne acquistato da quello benedettino di Brevnov. Dal 1477 al 1593 fu custodito nella libreria di un monastero di Broumov fino a quando non venne trasferito a Praga nel 1594 per entrare a far parte della collezione di Rodolfo II del Sacro Romano Impero.

G   "rodolfo ii aveva una biblioteca
di libri esoterici
ecco perké aveva il mio
e il voinich
ma guarda qua"

Cliccò sulla stessa voce in inglese e selezionò il paragrafo Legend.

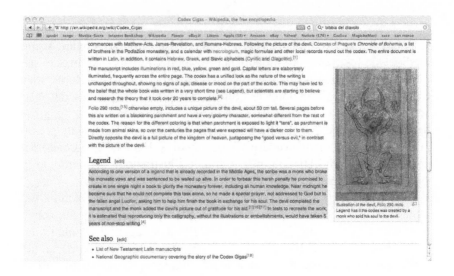

Aprì il traduttore di google e ci incollò sopra l'intero paragrafo.

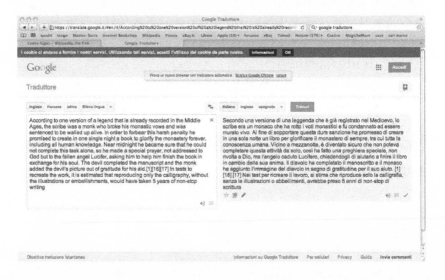

Secondo una versione di una leggenda che è già registrato nel Medioevo lo scriba era un monaco che ha rotto i voti monastici e fu condannato ad essere murato vivo. Al fine di sopportare questa dura sanzione ha promesso di creare in una sola notte un libro per glorificare il monastero di sempre, tra cui tutta la conoscenza umana. Vicino a mezzanotte, è diventato sicuro che non poteva completare questa attività da solo, così ha fatto una preghiera speciale, non rivolta a Dio, ma ai caduti arcangelo Lucifero, chiedendogli di aiutarlo a finire il libro in cambio della sua anima. Il diavolo ha completato il manoscritto e il monaco ha aggiunto l'immagine del diavolo in segno di gratitudine per il suo aiuto. [1] [10] [11] Nei test per ricreare il lavoro, si stima di aver preso 20 o più anni per aver scritto l'opera . [citazione necessaria]

G   "completamente scritto
      con una sola calligrafia"
I   "ok :-\
      cosa c'entra con noi?"
G   "l'img del diavolo
      è preceduta e postceduta"
I   "seguita"
G   "MA DIVNTI COME ANDREA? >:(
      da pagine abbrustolite"
I   "abbrustolite?"
G   "annerite
      in intrnt ci sono le scansioni delle pagine"
I   "le hai scaricate?"
G   "esatto U.U"
non dirmi che...
I   "cosa c'è sulla prima pagina?"
G   "sbagliato
      guarda"
Aprì le scansioni, andò direttamente all'ultima pagina, prima del retro di copertina sull'ultima pergamena campeggiava chiara e beffarda l'enigmatica scritta

                    dedicato a M

La stessa che stava all'ultima pagina dell'orridio libro di Greta. La porta dei nostri peggiori incubi.
Per poco non caddi dalla sedia.
I   "è impossibile!!!!"
G   "guardala!"

Le scansioni del Codex Gigas si trovano veramente in internet ma ovviamente manca la scritta "dedicato a M" all'ultima pagina.

I   "cosa significa?"

G   "appatrenevano all astessa persona"

Rimasi lì a pensare come tutto ciò potesse essere vero e cosa cambiava questo per noi.

G   "nn è tutto"

I   "!"

G   "la foto nei sotterranei di ms michel"

Perché me la alleghi tanto ce l'ho, vabbeh apriamola.

G   "vedi i tuoi pantaloni mossi?
       in basso adestra?
       hai fotografato te stss"

Ma... non potevo aver fotografato me stesso! Avevo puntato la macchina fotografica di fronte a lui!

G   "andiamo nelle soffitte
       ORA!!!!!"

I   "ti vengo a prendere?"

G   "dvanti al paolotti"

I   "facciamola finita"

G   "una volta per tutte!"

Non dicemmo una parola per tutto il viaggio da Padova sino a Chioggia. Entrammo come l'anno prima nella cattedrale come ladri nella notte. La luce della luna entrava dalle grandi vetrate. Gli altari ci guardavano dall'alto come oscuri giganti guardiani.

G   "mi fa paura questo posto"

I   "questa volta non posso darti torto"

Il passaggio segreto dietro al confessionale c'era ancora. Salimmo le ripide scale fin sotto alle soffitte. La luce dei telefonini proiettava lunghe le nostre ombre negli stretti corridioi.

G   "ti ricordi dove l'hai perso?"

I   "certo"

La stanza senza finestre. Dove il pavimento a botte scendeva ripido sui lati. Il ballatoio di legno si interrompeva vicino alla porta. Sotto di noi il reticolo d'acciaio che reggeva le volte.

G   "ma come sei uscito da lì?"

I   "eeehhh..."

Questo era un bel problema! Non me lo ricordavo. Ero entrato da un'altra parte, da qualche meandro nascosto che solo gli incubi conoscono.

I   "non mi rimane che camminare sul reticolo d'acciaio fino alla porta"

G   "attento" stringendosi a se stessa

Con cautela iniziai a passare da un tubo di acciaio all'altro mentre Greta dall'alto ad ogni passo mi diceva di stare attento. Era anche la paura di rimanere sola e in silenzio in quel luogo.

I   "eccomi ora entro"

G   "aspetta!..."

I   "cosa?"

G   "io... no dai vai ma fa in fretta"

Sparii dietro la porta. La poca luce mostrava una stanza piccola, rettangolare, col pavimento che scendeva vertiginosamente sui lati.

Ma da dove ero entrato quella volta? Inseguivo il mio predatore. Anzi, era quello di Greta.

Guardai prima giù nel lato destro. L'illuminai con calma come se stessi guardando nell'abisso più profondo. Non c'era niente.

Quello destro.

G   "trovato?" da fuori

I   "non ancora"

Lentamente mi abbassai per guardare il fondo del lato sinistro. Con ancor maggiore di prima.

Niente!

Tra il sorpreso e il sollevato scesi giù per guardare da vicino. No non c'era niente. Ero quasi contento, non so perché ma ero più contento così. Scesi allora nel lato destrto per guardare di nuovo. No non c'era niente nemmeno qui.

Uscii con la tessta

I   "non c'è niente"

Vidi Greta fare un profondo sospiro

G   "come niente? vieni qui hai guardato bene?"

Forse anche lei era sollevata

I   "esco ma guardiamo in ogni stanza nei punti più bassi delle volte"

A   "cercavi questo?"

Andrea!!

Era lì, all'ingresso opposto al mio, con l'orrido libro in mano. Oh no!

Entrò e con lui c'era Vichi.

No!!

A   "dai vieni fuori da lì"

Greta era terrorizzata, ma non per essere stata scoperta.

Salii sul ballatoio.

I   "perdonaci andrea ma noi"

A   "non ti preoccupare la prossima volta sappi che tra amici basta chiedere"

G   "ma tu... l'hai letto?" lo disse seria e disperata

Ci fu un attimo di silenzio

A   "sì l'ho letto"

G   "e hai coinvolto VICHI?"

A   "nella gioia e nel dolore greta"

V   "nella luce e nelle tenebre"

Tutti noi notammo che mancava una persona tra i presenti.

V   "comunque io non l'ho letto"

Alla luce delle pile che Andrea e Vichi avevano acceso il luogo non era più così lugubre come lo ricordavo e ci sedemmo a parlare.

G   "scusaci ancora andrea"

A   "dovreste fidarvi di più degli amici non ero con te l'anno scorso mentre facevi l'acchiappa fantasmi? te n'è sfuggito uno?"

I   "raccontami del tuo!"

A   "il mio?"

Io e Greta ci guardammo

I   "cos'hai letto in quel libro?"

La sua faccia si fecce impaurita

A   "non ne sono sicuro... ma la pagine di questo libro non sono sempre bianche"

G   "no..." le mani sulle spalle per proteggersi

la presi sottobraccio

A   "a volte compaiono delle scritte ma senza senso"

I   "e non hai avuto incubi?"

A   "ma voi siete drogati!"

I   "non hai visto niente?" no! io e Greta eravamo pazzi davvero

A   "senti se proprio ti fa stare meglio sì ho avuto dei brutti sogni ma chi non ne ha mai avuti? mai visto un film dell'orrore senza sognarlo la notte stessa?"

I   "e di giorno?"

G   "con gli occhi aperti?"

A   "cosa ne volete fare di questo?" mostrando l'orrido libro di fronte a sé

G   "distruggerlo"

A   "attenta"

I   "perché"

A   "se lo distruggi non si torna indietro, se dici che hai degli incubi e senti le voci è meglio che li scacci da sola, se dopo averlo bruciato sei al punto di prima che fai?"
Sgranai gli occhi. Quello che diceva era vero. Che fare?
G   "cosa possiamo fare?"
V   "senti se a loro fa stare bene diglielo e basta"
G   "dire cosa?"
A   "in che senso l'hai letto questo libro?"
G   "come che sensCAZZO!!"
I   "oh cristo" volevo svenire! Ma chiaro: come l'uovo di Colombo!
A   "questa merda di libro si legge..."
I   "...dalla FINE all'INIZIO"
G   "come aveva detto flavio..."
I   "tanto tempo fa"
A   "se pensi ti possa fare bene leggilo dalla parte giusta"
Lo presi in mano. La dedica stava all'ultima pagina, come un libro ebraico che si legge da destra a sinistra.
Mi aspettavo che fosse impossibile fargli del male, come gli oggetti magici che si difendono da soli. Invece ora appariva innòcuo e fragile. Solo pagine bianche, come uno specchio in un sogno, quando possono mostrare qualsiasi recesso della tua mente. Cosa riflette uno specchio nel buio? Se lo rompi i tuoi demoni potrebbero rimanere per sempre in questo mondo.
G   "cos'hai intenzione di fare?"
I   "stanare i nostri incubi una volta per tutte!"

CAPITOLO VENTOTTESIMO
spettrofobia o l'incubo di Andrea

e Dio disse:

$$\nabla \cdot \mathbf{E} = 0 \qquad \nabla \times \mathbf{E} = -\frac{\partial \mathbf{B}}{\partial t}$$

$$\nabla \cdot \mathbf{B} = 0 \qquad \nabla \times \mathbf{B} = \frac{1}{c^2}\frac{\partial \mathbf{E}}{\partial t}$$

e la luce fu

Ma certo! Era ovvio fin dall'inizio!
Ovvio come tutti gli enigmi una volta saputa la soluzione.
Ma stavolta la soluzione era davanti agli occhi di tutti, e i due furbi non se ne sono mai accorti.
Eppure Flavio l'aveva detto... fin dall'inizio. Già, Flavio era intelligente, il più intelligente dopo tutto.
Quell'orrido libro si apre dall'ultima pagina!
Quell'orrido libro si LEGGE dall'ultima pagina!
E noi lo abbiamo letto al contrario...

L'inquietante libro era lì, davanti a lui, quasi inoffensivo. Che accade leggendolo dal verso giusto? Che accade se osservi l'orologio del ghetto di Praga che gira al contrario?

Le stanze erano semibuie, le candele illuminavano malamente e solo sussurri provenivano dalla camera là dietro. Il pavimento di legno, tappezzeria alle pareti. Gli specchi coperti da dei drappi.
E perché poi? Ma che faceva lui lì? Sembrava di essere nel sogno di un altro. La luce proveniva dalla camera. Persone in piedi. Altre sedute. Brusii nessuno parlava ad alta voce.

perché si nascose? Sapeva di essere un intruso? La voce di un bambino lo spaurì come uno scossone

B   "hanno coperto gli specchi perché è morta la mamma"

A   "eh già"

B   "non ricordo il viso della mamma, vuoi venire a vederlo? è lì stesa sul letto"

Il funerale di mio padre... e lui è senza madre. E qual era il viso di mio padre? Si accorse per la prima volta di non ricordarlo.

Gli specchi... perché coprire gli specchi alla morte di uno? Cosa cela uno specchio dietro a sé? Nei sogni mancano gli specchi. E se ci sono non riflettono. E se riflettono non riflettono la nostra immagine. E se lo fanno questa non ci segue. Ci guarda... con uno sguardo cattivo... con una volontà sua propria...

Nei sogni ci manca la volontà. Nei sogni ci spaventiamo per cose che nella vita reale combatteremmo, reagiremmo senza timore. Invece lì, senza difese scappiamo e ci svegliamo di soprassalto.

Una ragazza ad inizio secolo venne rinchiusa per punizione in una stanza piena di specchi. Dopo pochi giorni questa prese a pugni le pareti rompendoli, senza curarsi delle ferite che si procurava alle mani. Venne visitata da molti psichiatri ma tutti dissero che la pazzia era ormai inguaribile.

Questo fatto è realmente accaduto.

La propria immagine può fare impazzire! La propria immagine ti guarda costantemente senza mai distogliere lo sguardo! La propria immagine non riposa MAI...

Andrea, con questi pensieri nella testa confusi come fantasmi ai lati dell'occhio, si avvicinò allo specchio coperto.

Il drappo era pesante, damascato. Lo prese con una mano e con forza lo strappò via da là.

Si svegliò nel suo letto. L'orrido libro per terra accanto alle ciabatte. Lo raccolse e lo appoggiò sul comodino. Certo ci vuole un certo coraggio a dormire con un simile oggetto a fianco. Si diresse in bagno.

Lo specchio del bagno. Rifletteva pacifica e conosciuta l'immagine di Andrea.

Mise una mano sul vetro. Le due mani si sfiorarono.

Eppure nel sogno lo specchio era bianco... come la pagina di un libro senza parole...

A   "ora non mi tormenterai più" disse guardando la propria immagine.

L'ombra era lì... davanti a lui. Ma per la prima volta non aveva paura.

A   "ho guardato nello specchio e tu non c'eri"

O   "sono nella parte più oscura di te"

A   "vattene"

O   "non lo farò"

Un fantasma non può dirmi quello che non so, se è un frutto della mia immaginazione al limite può dirmi qualcosa che ho dimenticato.

A   "stai dicendo la verità?"

O   "no"

Risposta scontata

A   "qual era il viso di mio padre?"

Ecco! ora ho capito! ora ho capito tutto! ora SO!

CAPITOLO VENTINOVESIMO
unheimlich

Il perturbante è quella sorta di spaventoso che risale a quanto ci è noto da lungo tempo, a ciò che ci è familiare.
(Sigmund Freud "Il perturbante" 1919)

Guidavo verso Padova. Greta alla mia destra. L'orrido libro sul sedile dietro.

G   "è come avere il maniaco seduto dietro alla fine di un film"

I   "sì ma stavolta voglio io essere pericoloso per lui ricorda... i nostri demoni fuggono appena li combattiamo l'hai detto tu"

G   "quando vuoi entrare dalla finestra assicurati di non essere già dentro e magari al quinto piano"

I   "cosa intendi dire?"

G   "vuoi davvero leggere quel libro?"

I   "serve la luna crescente"

G   "il cielo è tutto coperto"

I   "STIAMO CERCANDO SCUSE"

G   "sono i nostri demoni che riescono a scoraggiarci dobbiamo COMBATTERE"

I   "ci sono lampi là in fondo"

Fermai la macchina di botto.

G   "CHE FAI!"

I   "ORA!"

Mi voltai e presi il libro in mano.

I   "pronta?"
mi strinse la mano
G   "... pronta..."
L'aprii all'ultima pagina.
Dedicato a M.
Il resto bianco.
Girai la pagina e non c'era altro che bianco. Rimasi a guardare per un po'.
G   "chiudilo chiudilo!"
Lo chiusi. Mi venne un dubbio:
I   "ma tu fino a che pagina eri arrivata"
G   "quasi alla fine"
I   "davvero? io ho letto solo le prime pagine"
G   "oh no..." aveva gli occhi in lacrime.
I   "non preoccuparti ci sono io con te, lo leggiamo assieme... fino alla fine!"
G   "vai!"
I   "da destra a sinistra!"
G   "sì da destra a sinistra"
L'orrido libro mostrava ancora beffardamente il bianco delle sue pagine. Sentii la mano di Greta stringere fino a farmi male. I primi simboli su tutta la pagina. Come se fossero sempre stati lì.
Li guardai tutti dal primo all'ultimo.
G   "gira"
Voltai pagina. Ancora simboli.
?   "gira"
Rabbrividdi. Nessuno può sapere cosa provai. Se ascolti la tua voce registrata scopri che è ben diversa da come l'hai sempre udita. Ma è pur sempre falsata dalla registrazione. Io la udii limpida e perfetta provenire dalla mia destra. Mi voltai.

Là dove prima c'era Greta c'ero io che mi guardavo beffardo e terrificante mentre mi stringevo la mano al mio fianco e ripetevo

I   "gira che aspetti?"

Rimanevo impietrito mentre tutto si svuotava in me, come uno specchio ero di fronte a me stesso, ero di fronte alla perdita di tutto ciò che conoscevo, ero di fronte all'intruso, al sosia, al doppio che tutto ruba. Al sommo vampiro che si sostituisce alla tua esistenza riducendoti a pura larva. Vedevo tutte le persone care e conosciute chiedermi "chi sei?" o ignorare del tutto le mie grida "sono qua" afono totale nel mondo rubato dal mio perturbante.

NO! Non potevo permetterlo! COGITO ERGO SUM!

Lo presi per le spalle urlando con quanto fiato avevo in gola. Lo sbattei addosso al finestrino che si crepò dal colpo.

I   "CHE VUOI DA MEE!"

I   "tutto ciò che è tuo"

Gli strinsi le mani alla gola

I   "non l'avrai"

Il suo viso divenne paonazzo. Non respirava. Stavo per vincere. Ma perché non si difendeva?

Lo lasciai.

Mi girava la testa. Vidi il finestrino con la ragnatela di crepe rossa al centro, ma lui non c'era più.

Greta! Dov'era?

Ero solo.

Presi il telefonino e febbricitante cercai nella rubrica

Trovato! Verde!

E rispondi dai!

G   "pronto" voce bassisima

I   "GRETA DOVE SEI"

G   "a casa... ma che ora è?"

come a casa...

G   "ehi sei ancora lì? dove sei?"

dove sono? ma sono in macchina...

I   "ma TU dove sei?"

G   "sono a casa a letto ma ti senti male?"

Non ci volevo credere, mi agitai tantissimo. Il cuore mi batteva nelle orecchie a tal punto da non farmi udire nulla.

I   "come a CASA?" voltandomi da tutte le parti.

G   "ma cos'è successo?"

ma eccola lì, seduta dietro di me! Col telefonino sull'orecchio diceva quello che udivo nel mio

G   "senti vengo da te dimmi dove sei sei a casa?" guardandomi maligna dal sedile posteriore

Chiusi il telefono guardandola negli occhi

I   "...greta..."

Chiuse anche lei il cellulare sorridendo cattiva. Non avrei pensato che quel dolce viso potesse avere uno sguardo malvagio. Ma era lo stesso sguardo peccaminoso e crudele della ragazzina del quadro. Del vampiro di Praga!

Mi si avvicinò.

I   "NO! NON TI PRENDERAI ANCHE GRETA!"

la presi brutalmente ma era pesante come la pietra

L   "ci rivediamo"

I   "ANCORA TU perché mi perseguiti"

L   "un altro disse questa frase ma non ero io"

volevo strapparle quel vestito perennemente bianco, vedere il suo corpo stupendo.

La presi per l'unica spalla del vestito

I   "COSA VUOI DA ME!"

M   "solo ciò che è mio"

Non era più lei, era l'altra! Era la strega!

Ho capito sei tu emme!

Mi mise le braccia attorno al collo. Vicinissima i suoi capelli carota toccavano i mio viso.

M   "sì sono io la prostituta e la san..."

HO CAPITO! tutto quello che so è sbagliato!

non finì la frase, l'avevo sbattuta sullo stesso vetro rotto dov'era scomparso il mio doppio.

Greta mi guardava con gli occhi sbarrati e febbricitanti.

G   "...perché..." sussurrando con un filo di voce

Non ci capivo niente. Anzi no: avevo quasi rotto la testa di Greta sul vetro della macchina. Era lei che avevo percosso e non le mie fantasie!

I   "cosa ti ho fatto?"

G   "cosa ti è successo?"

I   "GRETA non volevo credimi!"

G   "certo che ti credo" con lo sguardo buono che tanto amavo.

Mi abbracciò forte.

G   "andiamo a casa"

I   "sì andiamo a casa"

Non dicemmo altro fino a Padova. Avevo paura di vedere con la coda dell'occhio me stesso che rideva beffardo, ma ogni qual volta voltavo lo sguardo c'era Greta accanto a me.

CAPITOLO TRENTESIMO
la tempesta

È detto unheimlich tutto ciò che potrebbe restare [...] segreto, nascosto, e che è invece affiorato.
(Friedrich Wilhelm Joseph von Schelling "Filosofia della mitologia" 1842)

Arrivammo davanti al cancello del collegio. Cominciava a cadere la prima pioggia.

G   "non occorre tu venga"

I   "ti accompagno volentieri"

Entrammo nell'antico giardino e salimmo le scale.

G   "non occorre dai sto bene"

I   "guardati la testa è stata una bella botta"

Il corridoio era lungo e silenzioso.

G   "non occorre tu venga oltre vai"

La presi per il collo e la spinsi al muro

I   "perché continui a dirmi non occorre?"

La porta della camera di Greta si stava aprendo

I   "GRETA! NON APRIRE!" troppo tardi, era già uscita dalla camera.

In camicia da notte guardò dalla porta e vide se stessa contro il muro. I suoi occhi strabuzzarono dalle orbite, e dalla bocca spalancata uscì l'urlo più terribile. Corse via impazzita strappandosi i capelli come velo bianco nell'oscurità.

Colpii il muro col pugno ma il suo doppio non c'era più. Vi appoggiai la testa e piansi disperato. L'ho fatta impazzire, è colpa mia, è solo colpa mia. Piegai le ginocchia mentre le lacrime mi scendevano.

No! Devo reagire. GRETA! Dov'è Greta? Corsi per inseguirla. Per un attimo con la coda dell'occhio mi parve di vedere il mio me stesso ridere maligno. Diedi un rovescio col pugno con tutta la forza che avevo.

La finestra cadde in frantumi. Un secondo dopo la mano mi doleva. Sangue per terra.

Ci mancava solo questa. Una ragazza fugge dalla camera urlando e un uomo rompe una finestra in un collegio femminile. Devo trovarla prima che mi arrestino!

Corsi nell'oscurità.

Così mi ammazzo. Il telefonino! Luce! Corri corri!

I suoi passi sulle scale. Scendo a capofitto. Eccola! L'inseguo.

Cado. No precipito dentro al pavimento!

Sparì davanti a me mentre con la mano tentavo di afferare l'orlo della botola.

Dolore alle ginocchia.

Ero rovinato su del terriccio ma dov'ero? Mattoni, colonne di mattoni davanti a me. L'ipogeo di Sant'Eufemia! Ma perché Greta ha aperto una botola? Chi l'ha aperta idiota che sono! Tutto quello che so è sbagliato: lei non era Greta! E io ora sono caduto sotto terra.

Greta... perdonami, ti troverò. Ma ero solo, dannatamente solo. Potrei chiamare qualcuno col telefono. Sottoterra non prende, e poi chi chiamare? Andrea? È a un'ora da qui. Da dove si esce? Di certo i turisti non entrano gettandosi dalla botola.

Se cerchi di entrare dalla finestra attento a non essere già dentro e al quinto piano. Me l'aveva detto...

Un'apertura sul muro, non ho scelta: corro!

È freddo, umido. Il corridioio è lungo. Troppo lungo, dove sono? Sento il rumore della pioggia, una luce in fondo. La raggiungo.

Dopo un cumulo di detriti una stanza semiottagonale. La luce dell'esterno entra da una grata circolare sul soffitto a volte.

Il bastione! Ma quanto ho corso? La pioggia cade dalla grata, gli scoli riversano l'acqua nel vicino Piovego. I veneziani, loro facevano le cose bene. Gente seria. Respirai l'aria dei vivi e mi lasciai bagnare dalla pioggia. Sì faccio ancora parte del mondo superno. Ma intanto sono ancora sotto terra e Greta è chissà dove.

La stanza non ha altre uscite se non quella da dove sono entrato. Una bocca nera come l'urlo folle di Greta. Mi getto nelle sue fauci, devo trovarla prima dei suoi demoni! Non vi temo! Non mi fate più paura vigliacchi!

Ringrazio il gruppo speleologico padovano-cai che ha reso disponibili in internet le foto eseguite sotto le mura di Padova. Senza delle quali le descrizioni dei sotterranei della città sarebbero state del tutto frutto di fantasia.

Il corridoio prosegue tra detriti. Sono talmente tanti che devo arrampicarmi e con una mano tocco il soffitto per non sbattere la testa. Non sono passato di qua. Una volta a botte. Una porta. Per guadagnarla devo avanzare quasi disteso. Ho altra scelta? Che schifo! Fra terriccio cocci e salnitro chissà quanti topi morti. Ecco la porta, dietro ci sono delle scale!

Salgo in fretta gli scalini. Girano a sinistra... e poi a sinistra di nuovo...sono nell'intercapedine di un edificio ma... a destra una porta chiusa dà all'esterno! Riesco a vedere la luce di fuori. Fulmini e tuoni.

Sono dentro a porta Portello!

Nessuna galleria collega apperentemente porta Portello e il bastion piccolo. Ma per esigenze narrative facciamo finta che tutta la città sia collegata da una rete di gallerie. Le descrizioni dei singoli edifici sotterranei sono veritiere, le gallerie di collegamento, ad oggi ancora da esplorare, sono frutto di fantasia.

Sento la pioggia di fuori. Spingo la porta, ovviamente è chiusa. Nessuna spallata la farà cedere. Continuo le scale. Un'altra curva, sono nel sottotetto.

I tuoni si fanno udire amplificati dalla sala che copre l'intero edificio. Due pertugi ai lati e la torretta dell'orologio sopra di me.

M   "ti aspettavo" il tuono fece tremare la torre.

Non era alta, magra, la tunica semplice di buona tela. I capelli carota spettinati e due occhi verdi taglienti che brillavano ad ogni lampo.

I   "cosa vuoi"

M   "lo sai" si avvicinava

Dov'è? dove l'ho lasciato?

M   "lo hai con te sciocco" si avvicinava sempre più

Era vero. Lo avevo infilato nei pantaloni. Cosa ci faceva lì?

Si avvicinava tra la luce delle saette che danzavano come un sabba. Sporse il braccio nudo. Aveva una profonda bruciatura sul palmo della mano.

M   "dammelo"

I   "VIENILO A PRENDERE STREGA!" e mi gettai giù dalle scale. Arrivai alla porta. Fermati e pensa. La luce del mondo umano mi dava sicurezza.

Non possono farmi niente. I miei incubi non possono farmi niente!

I   "bisogna leggerlo dalla fine? ecco e allora una notte di tempesta è il momento migliore ANDIAMO!"

Aprii l'orridio libro. Dedicato a M.

M come Megera! Seconda pagina. I simboli c'erano già come se il libro non fosse mai stato bianco.

Terza pagina. Non vi temo. Vi stanerò vi estirperò da dentro di me così non mi tormenterete più.

Quarta pagina. Il capo mi girava. No non devo cedere. Devo continuare.

Quinta pagina. Altri simboli. Sembravano tante teste mozzate che ridevano sanguinolente pronte a divorarmi. Dai gira un'altra pagina. Benvenuto nell'orrore senza fine.

Sesta pagina. Ma sto entrando o sto uscendo? Sto cadendo nell'abisso?

Settima pagina. Mi sto forse gettando nel vuoto? Quando ti accorgi dell'errore? Un attimo prima di sfracellarti al suolo.

Ottava pagina. Ma il disastro è un momento prima della decisione.

Nona pagina. No! Sono perduto, sono saltato nel vuoto. Sono nell'orrore senza fine!

Decima pagina. Sono pazzo per sempre. Ma vado avanti. Perché?

Undecima. No! Tutto quello che so è sbagliato! Non sono saltato nell'abisso!

Duodecima. Vi è sempre il tempo per scegliere il bene!

La copertina era di fronte a me. Innòcua.

Il libro era chiuso.

Un tuono mi rinvenne. Greta! Ragioniamo. Gps! Telefonino, c'è campo. Sant'Eufemia non è lontana. Di qua. Corri non c'è altro tempo da perdere!

La galleria era piena d'acqua fino al ginocchio ma io correvo senza più ragionare, mi bastava avere la direzione e Greta da salvare.

Una luce là in fondo, il bastione! Il mondo dei vivi pioveva dalla grata circolare sopra la volta. Bene! Il telefono prendeva di nuovo. Di qua, la galleria!

Non sentivo più le gambe ma è la testa a comandare e correvo correvo. La botola da dove sono caduto. Eccola!

Saltai, la sfiorai con un dito. Mi rannicchiai il più possibile a terra e schizzai con tutta la forza che mi restava. Con un pugno la spalancai. Ora un altro salto. Un altro ancora!

E vai! Avevo infilato un braccio, le gambe a penzoloni ma il più era fatto. Eccomi di nuovo nel collegio. Corsi a perdifiato alla camera di Greta.

Vuota! Ma dov'è? Ero disperato. Se era impazzita per causa mia non valeva più la pena vivere.

La finesta in frantumi. La mia mano. Non mi doleva. La tensione le corse infinite il fiatone. Era difficile ragionare ma la mano era intatta! Eppure il sangue...

C'ero cascato un'altra volta! Il sangue era di Greta! Lei ha rotto la finestra: tutto quello che sapevo era sbagliato! Il sangue era ancora per terra. Ma lei? Cercai febbrilmente un'altra macchia più avanti. Eccola! nella direzione opposta a dov'ero corso prima. Sto arrivando!

Scale che salgono. Salgo!

Salgo salgo. Una curva. Altro sangue. Le piccole finestre tremavano dai tuoni.

La torre!

Sentivo la sua voce. Greta arrivo. Salgo le interminabili scale. Ma come! Finiscono qui. Non c'è nessuno...

La voce di Greta nel vento dalla finestra spalancata. La pioggia entrava assieme al gelo della bufera. Mi sporsi fuori. Era sopra di me. ERANO sopra di me. Tra lo scatenarsi della tregenda vidi due Greta bianche come angeli, bellissime e terribili fronteggiarsi sulla cima della torre.

La pioggia e il vento le sferzavano.

G   "IO NON TI TEMO!"

Una sul colmo.

G   "VATTENE DA ME STREGA!"

L'altra sull'orlo dell'abisso.

G   "NON LO FARÒ"

Un fulmine fece tremare l'intera torre.

G   "COSA VUOI DA ME?"

Che fare? Per salvarla mi sarei gettato trascinando con me il suo doppio.

G   "QUELLO CHE È MIO"

I   "GRETA! NON ASCOLTARLA!"

La tempesta mi schiaffeggiava il volto. Tentai di arrampicarmi ma l'altezza era spaventosa.

G   "NON TE LO DARÒ!"

I   "GRETA! TUTTO QUELLO CHE SAI È SBAGLIATO!"

Un altro fulmine fece tremare la torre. Vicinissimo!

G   "TE NE ANDRAI!"

G   "NOO!" era sull'orlo del tetto, allargò le braccia, fece cadere alcuni coppi ma riprese l'equilibrio.

Ora ho capito! Ora finalmente SO! Molto sotto di me i coppi si frantumarono schiantandosi al suolo.

I   "GRETA! È TUTTO FALSO QUINDI STEFANO TI AMA!"

Vidi la Greta che stava per cadere tacere e fare un passo avanti. L'altra indietreggiò d'istinto.

I   "NON TEMERE! NON AVERE PAURA!"

Un altro passo. Ora le parti si erano invertite.

G   "vattene"

L'altra sorrise e in un turbine di vento scomparve lasciando solo la camicia da notte che la tempesta si portò via.

I   "GRETA! GRETAA"

G   "sono qua sono qua" era a ginocchioni tutta bagnata sopra di me.

I   "dammi la mano"

Si stese sul tetto e si sporse. Le presi il polso. Si puntellò sul piede, vidi del sangue. Un urlo.

Strinsi fortissimo quel polso sottile attendendo lo strappo.
Era caduta nel vuoto.

Percorse tutto lo specchio della finestra. Lo strattone fu tremendo, sentii la spalla uscire per un attimo dalla sua sede.

La tenevo ancora.

Lei gridava a penzoloni nel vuoto. I fulmini continuavano a saettare tutt'attorno. La tempesta ci frustava senza pietà.

Ma non lasciai la presa.

I   "NON AVER PAURA! TI TENGO!"

Mi guardò con due occhi bellismi

G   "non ho paura, so che TU non mi lascerai"

La tirai su.

Ci abbracciammo stretti.

I   "non c'è più è tutto finito"

G   "sì è tutto finito se n'è andata"

CAPITOLO TRENTUNESIMO
l'Ararat

e la colomba tornò a lui
sul far della sera; ecco,
essa aveva nel becco un
ramoscello di ulivo. Noè
comprese che le acque si
erano ritirate
("Genesi" 8-11)

I   "Flavio torna dall'America"
G   "non vedo l'ora di rivederlo"
I   "anch'io... credo sia mancato a tutti noi"
La vidi guardare nel vuoto pensierosa.
I   "nessun rimpianto greta!"
G   "no nessun rimpianto"
Flavio era stato il suo corteggiatore di sempre. Mai
accettato, mai rifiutato.
G   "ma penso che la cosa peggiore che puoi fare a una
persona è insinuare dei dubbi su quanto questa usa come
certezze per fondare la sua vita"
I   "e togliergli le persone care"
G   "già... togliergli la gioia di vivere"
I   "cosa dirai a stefano?"
G   "vorrei far finta che non fosse mai accaduto
niente... voi quest'anno vi laureate" cambiando discorso
I   "dai non diventare triste! non manca così tanto
neanche a te, con i tre anni si fa presto"
G   "ce la metterò tutta!" sorridendo
I   "ne sono convinto"
G   "grazie, grazie di cuore"

Ci abbracciammo come ormai facevamo sempre per salutarci.

G   "non perdere mai lo stupore di esistere"

Indice